FERNANDO PÉREZ AGUSTI

LOS MISTERIOSOS CASOS
DEL INSPECTOR CHU LIN

Caso nº 1: el misterio de la Laguna Roja

Esta historia, mezcla de investigación detectivesca, terror, humor y fantasía, tiene lugar en un imaginario pueblecito escocés ubicado a poco más de una hora de Aberdeen, en las tierras altas (Highlands) de Escocia, y al que hemos bautizado con el nombre de Khepenna.

El espectacular paisaje de ese hermoso país está compuesto por escarpadas montañas, profundos lagos, legendarios castillos, remotas regiones envueltas en una niebla eterna y antiquísimos círculos de piedra donde dicen que aún perviven los espíritus de los druidas. La ciudad de Inverness, situada en el extremo norte del territorio escocés, es la capital de las Highlands y uno de los mejores puntos de partida para visitar los rincones más representativos de la región, como las tumbas prehistóricas de Chambered Cairn, el Parque Nacional de Cairngorms, el mítico Lago Ness, el Castillo de Urquhart, los canales de Fort Augustus o la cascada de Foyers.

Sin embargo, en esta loca aventura nos veremos obligados a prescindir de excursiones turísticas para centrarnos en las andanzas del increíble detective Chu Lin, peculiar ciudadano británico de origen chino, adscrito al famoso Scotland Yard, y cuyos servicios eran requeridos continuamente por los diversos cuerpos policiales del Reino Unido a causa de su innegable habilidad para resolver los casos más difíciles.

Y ya sin más preámbulos, damos comienzo al terrorífico caso que denominaremos "El misterio de la laguna roja".

Capítulo 1

Una llamada de auxilio

Dentro de la comisaría de Khepenna, una pequeña localidad escocesa, Campbell, el irascible inspector jefe, bañado por un cicatero sol invernal cuyos rayos se filtraban a través de las desvencijadas ventanas del vetusto edificio, no parecía disfrutar aquella mañana del lógico relax que a la mayoría de los habitantes de ese pueblecito solía proporcionarles una dosis de radiación solar durante el transcurso de los húmedos y ventosos días de esa región de las tierras altas.

-¡Higgins, esto no puede seguir así!

-No, señor, no puede.

-¡No puede, pero sigue! ¡Es la cuarta desaparición que se produce este mes! ¡Otra joven turista que se ha esfumado sin dejar el menor rastro!

-Perdone, jefe, pero ¿el bolso de mujer que encontramos en la orilla de la laguna no es un rastro?

-¿Qué concepto tiene usted de la palabra rastro, Higgins? ¡Un bolso solo es un bolso! ¡Un rastro es una huella, una mancha de sangre, marcas de pisadas, la colilla de un cigarrillo...! ¡No había nada de eso en los alrededores de la laguna!

-Pero jefe, en el bolso estaba el pasaporte de la mujer...

-¿Y cómo sabe usted que era su pasaporte?

-Lo aseguró el marido de la joven desaparecida, jefe.

-¿Y quién nos asegura a nosotros que ese individuo era realmente su marido?

-Recuerde que le pedimos su identificación, jefe. Nos mostró su propio pasaporte y el certificado matrimonial.

-¡Qué ingenuo es usted, Higgins! ¡Hay falsificaciones tan perfectas que resulta casi imposible distinguir un documento falso del original!

-Entonces, ¿qué sugiere que hagamos, jefe? Ya hemos rastreado los alrededores, e incluso pedimos ayuda a la Marina y enviaron un par de buzos para explorar el fondo de la laguna.

-¡Eso fue hace tres días, Higgins, y no hemos vuelto a saber nada de ellos!

-Bueno, jefe: la laguna es bastante grande. A lo mejor aún no han tenido tiempo de examinarla por completo.

-¡La laguna será grande, pero su cerebro debe ser el de un mosquito, Higgins! ¿Acaso cree que el tanque de oxígeno de un buzo dura eternamente?

-El oxígeno de un buzo, claro que no, jefe. Pero como eran dos, vaya usted a saber.

-¡Higgins, no diga tonterías! ¡Esos pobres buzos habrán caído en alguna trampa mortal! ¡Jamás volveremos a verlos!

-¿Y qué vamos a hacer ahora, jefe?

-¡Solo podemos hacer una cosa: pedir a Scotland Yard que nos envíen a su mejor hombre! ¡Este es un caso para que lo resuelva el inspector Chu Lin!

-¿Chu Lin?

-¿Es que no ha oído hablar nunca del inspector Chu Lin? ¿De qué planeta procede usted, Higgins? Ese Chu Lin es famoso por haber resuelto todos los casos que le han planteado. Dicen que posee un cerebro tan clarividente como el de Sherlock Holmes, y un original método de deducción mucho más efectivo que el de esa mezcla de violinista y detective aficionado de las novelas de sir Arthur Conan Doyle.

-Bien, jefe. Llamaré ahora mismo a Scotland Yard para informar sobre las cuatro misteriosas desapariciones y solicitar la ayuda de ese investigador.

-¡Cuatro desapariciones, no, Higgins! ¡Ya son seis! ¡No olvide la de los dos buzos que nos envió la Marina!

-Pero jefe, tal vez los dos buzos no hayan desaparecido y se presenten aquí en cualquier momento...

-Sí claro: se presentarán con sus pulmones encharcados tras tres días tragando agua en el fondo de la laguna. ¡Si ni tan siquiera han vuelto a ponerse en contacto con nosotros ni con la Comandancia de Marina!

-Tiene usted razón, jefe. Comentaré también lo de los buzos al hacer la llamada.

-¡Muy bien, Higgins! Y dígales que, lógicamente, nosotros corremos con los gastos de viaje, alojamiento y todo lo demás.

-Podríamos ahorrar un poco esta vez, jefe. No olvide que nos han recortado el presupuesto. Lo digo porque mi tía Emma dispone de una habitación libre.

-¡No sea borrico, Higgins! ¿Cómo vamos a alojar al famoso inspector Chu Lin en casa de su tía Emma? ¡Reserve una suite en el mejor hotel de Khepenna!

-Pero jefe, si en Khepenna no hay ningún hotel... Solo hay un hostal, y no creo que tengan ninguna suite...

-¡Pues reserve en ese hostal una habitación con vistas al mar!

-Querrá usted decir con vistas al puerto, jefe, aunque esa es una vista muy cutre.

-¡Diré lo que me da la real gana! ¡Haga la reserva y la llamada a Scotland Yard de una maldita vez, Higgins!

El atribulado policía empezaba a sospechar que no le convenía seguir discutiendo con el inspector Campbell, así que descolgó el teléfono y se dispuso a efectuar las dos llamadas.

Capítulo 2

La llegada

El menudo cuerpo del detective Chu Lin se agitó unos instantes intentando adaptarse al incómodo sillón que le habían ofrecido, pero su gesto de desaprobación, unido a la inquisidora mirada con la que examinaba el resto del desvencijado mobiliario de la comisaría, evidenció bien a las claras la pésima impresión que le causaba su primera visita al destartalado recinto policial. Prescindió de las gafas de miope guardándolas en su funda; se limpió con un pañuelo sus pequeñas narices; achinó aún más sus oscuros ojos orientales y, tras un suspiro de resignación, se preparó para soportar el protocolario discurso de bienvenida.

-*Señor Chu Lin, permítame que nos presentemos: yo soy el inspector Campbell y este es el oficial Higgins. Ante todo, deseo expresarle nuestro más profundo agradecimiento por haber venido a Khepenna para ayudarnos a resolver el complicado asunto de las desapariciones de los turistas que nos visitan, desapariciones que se están produciendo en esta localidad desde hace un par de semanas.*

-No se olvide de la de los dos buzos, jefe.

-¡Cállese, Higgins! ¡De la desaparición de los buzos ya se está ocupando el Ministerio de Marina!

-Lo siento, jefe: no lo sabía.

-Disculpe a Higgins, señor Chu Lin. A pesar de mis esfuerzos, aún no he logrado que permanezca en silencio más de cinco minutos seguidos.

-Déjele hablal, señol Campbell. Puede selnos útil si apolta algún nuevo dato pala la investigación. Además, como dice Confucio, es más fácil cambial el culso de un lío que el caláctel de un homble. Supongo que sablán ustedes lo que es un lío, ¿no?

-¡Naturalmente! Un lío es un embrollo, un follón, un enredo!

-No, señol: un lío es una coliente de agua que desemboca en el mal o en otlo lío. ¡Ji, ji, ji!

Como todo el mundo sabe, a los chinos les cuesta aprender a pronunciar la R porque esa letra no existe en su idioma. Pero utilizar un proverbio de Confucio para contar el viejo chiste de la "coliente de agua que desemboca en el mal", hizo fruncir el entrecejo al quisquilloso inspector Campbell.

-¿Pol qué pone esa cala, inspectol? ¿Es que no tiene usted sentido del humol? Según dice Confucio, el homble que no *sonlíe no podlá evital que el pájalo de la tlisteza anide en su colazón.*

-¡Y dale que te pego con los proverbios chinos! -rezongó Campbell.

Durante un instante, el inspector jefe jugueteó con un pisapapeles mientras intentaba calcular qué sucedería si lo estampase en la cabeza del chistoso filósofo oriental. Finalmente recapacitó: le faltaba muy poco para retirarse, y no era cosa de tirar por la borda un impoluto expediente de más de cuarenta años de servicio en el prestigioso cuerpo de la policía escocesa.

-Perdone, señor Chu Lin. Claro que tengo sentido del humor, y su chiste sobre los líos me ha hecho mucha gracia. Lo que sucede es que procuro no reírme porque cuando lo hago, mi hernia de hiato me suele causar problemas.

-Lo siento, inspectol, ignolaba que estaba usted enfelmo. Pelo si pelmite que le de un consejo, la única manela de conselval la salud es comel lo que no quieles, bebel lo que no te gusta y hacel lo que plefelilías no hacel. Eso es lo que nos enseña Confucio.

Como consecuencia de ese nuevo proverbio, el rostro de Campbell empezó a congestionarse, pasando en cuestión de segundos de un pálido amarillo a un rojo intensísimo, claro indicio de que estaba a punto de arruinar su carrera agrediendo a uno de los mejores detectives de Scotland Yard.

-Hágame caso si quiele llegal a viejo, señol Campbell. Y ahola, con su pelmiso, desealía echal un vistazo al escenalio del climen antes de letilalme a descansal. El viaje desde Londles es agotadol y mañana nos espela a todos un dulo día de tlabajo.

-¿Al escenario de qué crimen? Aún no hemos averiguado la causa de las desapariciones, señor Chu Lin. ¿Qué le hace sospechar que esas personas han sido asesinadas?

-Elemental, señol Campbell: todas ellas han desapalecido junto a la olilla del lago. Eso significa que la Laguna Loja se las ha tlagado. Pol lo tanto, esa laguna es una asesina, y el asesinato es un climen.

-¿Y por qué no se tragó también el bolso de la última víctima?

-Pelo señol Higgins, ¿no sabe usted que los bolsos de mujel son indigestos? Están llenos de substancias contaminantes, como el lápiz de labios, el cololete, la mascalilla pala los ojos y otlos cosméticos palecidos. La Laguna Loja selá una asesina, pelo no es tonta. Pol eso no se tlagó el bolso de esa señola.

El inspector Campbell empezó a cuestionar muy seriamente la tan cacareada intuición del investigador que les habían enviado desde Londres, al mismo tiempo que su ayudante se rascaba la cabeza desconcertado. Higgins tampoco entendía el razonamiento del detective: ¿sería posible que los accidentes geográficos tuviesen cerebro y que una laguna hubiera podido cometer asesinatos?

-¿Alguno de ustedes selía tan amable de acompañalme a esa laguna? Es la plimela vez que visito esta legión y no me gustalía extlavialme.

Campbell estaba deseando perder vista al estrambótico, sabiondo y repelente detective chino, por lo que decidió pasarle la pelota al pobre Higgins.

-Yo iría con usted encantado, señor Chu Lin, pero recuerde que tengo una hernia de hiato, y la humedad de la laguna me sienta muy mal. Si no le importa, será el oficial Higgins quien le acompañe. Conoce toda esa zona como la palma de su mano. ¿A que sí, Higgins?

-Pero jefe, ¿ya se le ha olvidado que el verano pasado tuvo usted que avisar a la patrulla forestal para que fuesen a buscarme porque llevaba varias horas dentro del bosque que hay al lado de la Laguna Roja y no encontraba el camino de vuelta?

-No sé de qué diantres me está hablando, Higgins. Además, el señor Chu Lin no ha dicho que desee ver ese bosque ahora, así que haga el favor de acompañarle hasta la laguna. ¡Es una orden, Higgins!

En inglés, el vocablo lagoon (laguna) se usa para referirse a una cuenca costera separada del mar por un estrecho cordón de tierra, y caracterizada por contener agua salobre y mareas, en lugar del agua dulce estancada que conforma los clásicos lagos. Hacemos esta aclaración porque la Laguna Roja debía su nombre a una antigua leyenda que atribuía el color rojizo de sus aguas a la sangre de los centenares de víctimas sacrificadas para satisfacer el insaciable apetito del temible monstruo marino que se suponía habitaba en el fondo de dicha laguna.

Continuando con este relato, al atardecer del primer día de la Era Chu Lin, el perspicaz detective oriental y su guía, el dubitativo, charlatán y atemorizado oficial Higgins, llegaron por fin a la orilla sur de la Laguna Roja, en la que el famoso inspector de Scotland Yard esperaba encontrar algún indicio, pista o señal que sirviese para localizar a los cuatro turistas misteriosamente desaparecidos.

-*¿Es esta la olilla en la que hallalon el bolso de mujel, señol Higgins?*

-*Sí, inspector. Justamente al lado de esa roca.*

Chu Lin se acercó a la roca, sacó una lupa plegable de uno de los bolsillos de su chaleco y durante un buen rato se dedicó a examinar con detenimiento la resbaladiza piedra y la arena que la rodeaba.

-Culioso, muy culioso. En la supelficie de esta loca se ve la huella de una mano. Eso significa que la plopietalia del bolso que ustedes encontlalon se sujetó a la loca antes de desapalecel.

-¿Y qué tiene eso de curioso?

-Lo de sujetalse con una mano a la loca, nada, señol Higgins; lo culioso es la huella de la mano agalada a la loca y los agujelos que han quedado malcados en la alena y que palecen llegal hasta el bosque en el que usted se peldió.

-No entiendo nada. ¿Qué deduce usted de la huella de la mano y de los agujeros en la arena?

-¡Elemental, señol Higgins! Pol la posición de los dedos, la mano no se agaló a la loca desde la olilla, sino desde el mal. Y esos agujelos colesponden sin lugal a dudas a pisadas de zapatos femeninos, polque son los únicos que tienen un tacón puntiagudo capaz de clavalse en la alena.

-Pues sigo sin pillarlo.

-¡No sea bulo, señol Higgins! ¡Está más clalo que el agua! ¡La laguna no se ha tlagado a nadie! ¡La mujel salió de la laguna, puso una mano soble la loca y luego se diligió hacia el bosque!

-Pero señor Chu Lin, ¿qué pasa con el bolso abandonado? ¿Era el de la mujer que salió de la laguna?

-¡Buena plegunta, señol Higgins! Ese es otlo mistelio que hablá que lesolvel. Mañana ilemos al bosque a plimela hola. Como dice el glan Confucio, todas las pueltas celadas tienen que volvelse a ablil talde o templano.

Capítulo 3

El bosque de la ciénaga

El resultado de la primera jornada de investigaciones detectivescas era demencial; según Chu Lin, especialista en  dar la vuelta a la tortilla, la misteriosa propietaria del bolso abandonado no había desparecido tragada por las aguas, sino al adentrarse en la espesura de un bosque colindante después salir de la laguna.

-Veamos si lo he entendido bien, inspector: usted sugiere que una mujer estaba bañándose en las frías aguas de la laguna durante la estación invernal, salió del agua, dejó su bolso abandonado, se encaminó hacia el bosque y desapareció.

-¡No lo sugielo, señol Campbell: lo afilmo! ¡Lo afilmo y lequeteafilmo!

-Usted es el experto, pero ¿cómo puede estar tan seguro?

-Polque las huellas de la mano y de las pisadas son tal pala cual, Pascuala con Pascual.

-*¿Pascuala con Pascual? ¡Claro, claro...! ¿Y cómo encaja usted a los dos buzos en esa historia?*

Campbell acababa de lanzar un torpedo directo a la línea de flotación del endeble razonamiento de Chu Lin, que se retorció en la silla en la que estaba sentado mientras hurgaba en su cerebro buscando una respuesta coherente.

-*Le diré lo que opino yo, inspector Chu Lin: la mujer había dejado su bolso junto a la roca y ella estaba en la orilla cuando desapareció. Ninguna mujer se desprende de su bolso sin un buen motivo. Los agujeros de tacones de zapatos femeninos no se dirigen desde la laguna hacia el bosque, sino justamente al revés.*

-*¿Y la huella de la mano soble la loca de la olilla? ¿Eh? ¿Qué me dice de esa huella que señala la dilección del bosque?*

-*La huella de la mano corresponde al desesperado intento de la desgraciada mujer por agarrarse a algo para evitar que un terrible monstruo marino la arrastrase al fondo del mar.*

-*¡Pelo señol Campbell! ¿Cómo es posible que una pelsona inteligente pueda dal clédito a esas leyendas infantiles? ¡No existe ningún monstluo malino en la laguna!*

-*¡Pues explíqueme lo de los dos buzos! ¿También ellos desaparecieron tras internarse en el bosque?*

-*¡Eso aún está sin investigal!*

-Entonces, según usted, ¿cuál debería ser el siguiente paso?

-No haga pleguntas tontas, señol Campbell: lo sabe igual que yo. ¡Hay que explolal el bosque! Y como el oficial Higgins se extlavió allí el año pasado, me temo que debelá sel usted el que me acompañe.

Campbell palideció: si no improvisaba una buena excusa, esta vez estaba perdido.

-Creáme que lo lamento, señor Chu Lin, pero tendrá que volver a ir con Higgins. Soy alérgico al polen y estamos a punto de entrar en la primavera. Comprenderá que, en estas circunstancias, pasar unas horas en el bosque resultaría perjudicial para mi salud.

-Palece que es usted un homble de salud muy delicada, ¿veldad, señol Campbell?

-¿Quién es el que hace ahora preguntas tontas, detective Chu Lin?

-Da igual señol Campbell. Según Confucio, aquel que plegunta es un tonto pol cinco minutos, pelo el que no plegunta pelmanece tonto pala siemple.

Tras esa aguda sentencia, los dos inspectores se volvieron hacia Higgings mientras compartían una burlona sonrisa de complicidad.

-Nunca me comentó nada sobre su alergia, jefe, pero no se preocupe: iré yo con el señor Chu Lin para que investigue todo el tiempo que quiera. La patrulla forestal me enseñó a orientarme en ese bosque.

Sin darse cuenta, el ingenuo Higgins había vuelto a salvar el pellejo de su superior; porque a estas alturas ya no quedaba ninguna duda: la combinación Campbell-Chu Lin hubiese resultado altamente explosiva. Por lo tanto, a pocos metros de la Laguna Roja, el Bosque de la Ciénaga recibiría finalmente la visita de una singular pareja formada por un parlanchín oficial de policía y un atípico detective anglo-oriental.

Así pues, con las primeras luces del amanecer los dos policías se introdujeron en la espesura del bosque, mientras se reflejaba sobre las aguas de la laguna la interminable gama de colores ocres y verdes de una frondosa vegetación que anunciaba la proximidad de la primavera.

-Bien, señor Chu Lin: podemos ir por el sendero de la derecha o por el de la izquierda. Usted decide.

-Escoja usted, Higgins. Como dice Confucio, pala quien no sabe a dónde quiele il, todos los caminos silven.

No conviene interpretar al pie de la letra las sentencias del gran pensador chino que con tanta frecuencia utilizaba el detective de Scotland Yard; porque por muy racional que sus discípulos consideren la filosofía de Confucio, algunos caminos pueden ser más peligrosos que otros. En este caso concreto, si Higgins hubiese recordado las recomendaciones de la patrulla forestal, no habría elegido el de la derecha.

-¡Señol Higgins! ¿Se puede sabel en dónde diablos nos hemos metido? ¡Esto es un teleno pantanoso de alenas movedizas!

Efectivamente: la proximidad de la laguna había convertido parte del bosque en un pantano de aguas cenagosas con zonas de arenas movedizas, capaces de inmovilizar a cualquiera que tuviese la mala fortuna de pisarlas, cosa que, para su desgracia, acababa de sucederle a Chu Lin.

-¿Lo ve? ¡Me estoy hundiendo! ¡Las alenas me van a tlagal! ¡Haga algo, Higinns! ¡Socolo! ¡Socolo!

-Pero inspector, si la profundidad de esta ciénaga es de apenas medio metro... No se ponga nervioso y le diré cómo puede salir.

-¡No estoy nelvioso! ¡Estoy fulioso! ¡Fulioso y atlapado igual que una mosca en una tela de alaña!

-En vez de andar, lo que debe hacer es mover los brazos hacia arriba y hacia atrás hasta que consiga echarse de espaldas. Después repte, arrástrese despacio y saldrá de ahí. Es lo que me enseñaron los de la brigada forestal cuando me metí en este mismo pantano el año pasado.

El método de la brigada forestal era bastante lógico: rodeado de arenas movedizas, para caminar a la velocidad de un centímetro por segundo se necesitaría idéntica fuerza que para levantar un coche de tamaño mediano; sin embargo, en posición horizontal el peso corporal se reparte, por lo que el cuerpo, al ser menos denso que la arena, puede flotar. Así que, siguiendo las instrucciones de Higgins, tras unas cuantas brazadas y otras tantas palabrotas que al pobre oficial de policía le sonaron a chino, el iracundo detective volvió a pisar terreno sólido.

-¿Ve qué fácil ha sido, señor inspector? De todas formas, creo que deberíamos retroceder y probar por el otro camino.

Embadurnado hasta las narices de agua cenagosa, Chu Lin dirigió una mirada asesina a su voluntarioso e inepto guía y no le contestó. Los dos policías volvieron sobre sus pasos y tomaron por el camino de la izquierda, hasta llegar sin más incidentes a un claro del bosque en el que la luz del alba, que comenzaba a filtrarse entre las copas de los árboles, les permitió descubrir una rústica pasarela de madera colocada sobre un riachuelo.

-¿Cruzamos esa pasarela, señor inspector? El camino parece que acaba ahí, porque solo hay arbustos y matorrales.

-Piense un poco, señol Higgins. ¿Quién selía tan estúpido como pala constluil un puente soble un liachuleo si solo condujela a un montón de maleza? Pala desplazal una montaña hay que comenzal pol quital las piedlas pequeñas.

-Pero es que ahí no veo ninguna piedra...

-¡Lo que acabo de decil es una metáfola, homble! ¡Haga el puñetelo favol de quital esa maleza!

Obediente, el obtuso oficial de policía cruzó la pasarela armado con un machete que previsoramente se había agenciado antes de penetrar en el bosque, liándose a continuación a machetazos durante un rato con la indefensa vegetación. Y al poco tiempo había quedado al descubierto lo que con toda claridad parecía ser la entrada de una caverna.

Capítulo 4

El templo olvidado por el tiempo

 Los matorrales y los arbustos ocultaban una cueva sombría en la que penetraba el agua del arroyo, convertido al llegar a la boca de la gruta en un remedo de catarata cuyas aguas se deslizaban por sus húmedas paredes. Sin embargo, para asombro de los dos policías, en el interior de la cueva había algo más: una extraña construcción excavada en las frías y resbaladizas rocas. Los investigadores estaban frente a la entrada de una especie de templo, medio en ruinas a causa de la humedad y del agua que se filtraba por techos y paredes.

Nada más traspasar la puerta, salieron a su encuentro unos misteriosos personajes uniformados con los inconfundibles hábitos de los druidas, antiquísima congregación, mezcla de sacerdotes y hechiceros, los cuales, según reza la leyenda, tenían un gran conocimiento de las fuerzas de la naturaleza.

-¡Bienvenidos al Templo de la Eterna Inundación, hermanos! ¿A qué debemos el honor de vuestra visita?

El que así hablaba era el que figuraba a la cabeza del grupo de cuatro sacerdotes que habían acudido a recibirles: un espigado anciano vestido con una túnica blanca y capucha del mismo color que solo dejaba al descubierto parte del rostro, a diferencia de los otros tres monjes, cuyos hábitos eran grises y tenían la capucha a la espalda.

-*Somos funcionarios del cuerpo de policía de Khepenna y estamos investigando unas extrañas desapariciones que se han producido hace poco en los alrededores de la Laguna Roja.*

-*Si no le impolta, halé yo las plesentaciones, Higgins, polque palece habel olvidado que yo no peltenezco a la comisalía de Khepenna. Soy el inspectol Chu Lin, funcionalio de Scotland Yald, y me acompaña el oficial subaltelno Higgins, que él sí que es de qué pena.*

El ingenuo Higgins no pareció captar la sátira mordaz de Chu Lin y se limitó a asentir mientras sonreía.

-*Bien, inspector Chu Lin: pues yo soy el hermano Rehemus, superior de la Hermandad del Santo Reuma, y estos son tres de nuestros cofrades: el hermano Ethernus, que se encarga de ofrecer sacrificios a nuestros dioses; el hermano Librerus, que se ocupa de los volúmenes de nuestra librería, y el hermano Ghalenus, que cuida de nuestra salud.*

-*Culiosos nombles, culioso templo y culiosa cofladía. Ignolaba que existiese esta helmandad.*

-Tampoco sabía yo que hubiese un templo en este bosque, y eso que llevo más de treinta años residiendo en Khepenna.

-Desde tiempos inmemoriales circulan muchas falsedades sobre nosotros los druidas, hermano Higgins. Por eso hemos ocultado la entrada a la gruta que alberga nuestro templo, para pasar desapercibidos y poder así dedicarnos en cuerpo y alma al estudio de la naturaleza, cosa que habíamos conseguido hasta que llegaron ustedes.

-Tlanquilo, helmano Lehemus: su escondite secleto nunca selá levelado. ¿Veldad, Higgins?

-No se preocupen, hermanos, que ahora están en buenas manos. No pasa nada, Rehemus: su secreto guardaremus. ¡Vaya, me ha salido un pareado! ¡Ji, ji, ji!

-¡Señol Higgins, cleo que este no es el mejol momento pala sus estúpidos paleados!

-Lo siento, inspector: es que mi vena poética surge a veces sin querer.

El lógico enfado del detective a causa del pésimo chiste que los druidas podían considerar una muestra de descortesía, no fue compartido por el hermano Rehemus, al que pareció hacerle gracia la improvisada rima de Higgins y sonrió con benevolencia.

-Deje que su ayudante se exprese como quiera, inspector. Según dice nuestro dios Dagda, el buen humor es la mejor medicina para curar las enfermedades.

-Es posible, helmano Lehemus, pelo el glan Confucio nos ha enseñado que la medicina solo puede culal las enfelmedades culables, y sospecho que la del señol Higgins no tiene cula.

-Por lo que se ve, tampoco tiene cura la ingratitud humana. Debería tratar usted con más respeto a su ayudante, señor Chu Lin. No olvide que acaba de salvarle de quedar atrapado en las arenas movedizas.

-¡No lo entiendo! ¿Cómo pueden sabel eso? ¡Estábamos completamente solos cuando el inútil de Higgins me condujo a la maldita ciénaga!

-Algunos druidas poseemos un don que los profanos llaman adivinación, pero que nosotros preferimos denominar ventana al pasado. Cuando nos asomamos a esa imaginaria ventana, retrocedemos en el tiempo y somos capaces de ver sucesos recientes.

-¡Solplendente y malavilloso don! Y dígame, helmano Lehemus: ¿podlía asomalse ahola mismo a esa ventana y decilme qué ha sido de las cuatlo mujeles y de los dos buzos que han desapalecido hace poco en las ploximidades de la Laguna Loja?

-Por supuesto, hermano Chu Lin. Eso es muy fácil para mí.

Rehemus fijó su vista en la lejanía. Después cerró los ojos mientras parecía entrar en un profundo trance similar al de los médiums de la cultura occidental. De repente dio un respingo, volvió a abrir los ojos y habló con un tono de voz que no presagiaba nada bueno.

-Me temo que a esas personas ya no volveremos a verlas, señor inspector: han caído en las garras del monstruo que habita en las profundidades de la laguna.

-¡Pelo helmano Lehemus! ¿También cleen los dluidas en esas leyendas?

-No son leyendas, inspector. Acabo de verlo con mis propios ojos: hay un demonio en el fondo de la Laguna Roja que tiene su cubil en una gruta submarina, en la que mantiene prisioneras a las víctimas que aún no ha devorado.

-Pues si es así, nos enflentamos a un buen ploblema. ¿Cómo localizalemos la entlada de esa gluta submalina?

-El bibliotecario podrá ayudarle, señor Chu Lin. Creo recordar que tenemos un manuscrito con un mapa detallado del fondo de la laguna. Hermano Librerus, acompañe a la biblioteca a nuestros visitantes y muéstreles ese libro.

-Como ordenéis, Maestro Rehemus. Hagan el favor de seguirme, hermanos.

Los dos policías se dispusieron a seguir los pasos de un parsimonioso bibliotecario que caminaba más lento que una tortuga.

-Helmano Liblelus: ¿le impoltalía decilnos pol qué vamos tan despacio?

-¡Ay, hermano Chu Lin! ¿Es que no le sugiere nada el nombre de nuestra cofradía?

-Sincelamente, no.

-Pertenecemos a la Hermandad del Santo Reuma. ¿Y saben por qué la llamamos así? Porque todos nosotros padecemos dolencias reumáticas debido a la humedad que existe en este templo a causa de las filtraciones y goteras originadas por la catarata que hay a la entrada de la cueva. Aunque quisiésemos caminar más deprisa, el reuma nos impediría hacerlo.

-Cléame que lo siento, helmano. El leuma es una enfelmedad muy dololosa. Pelo no se pleocupe pol tenel que andal despacio: Confucio dice que no impolta lo lento que vayas mientlas no te detengas.

-Ya estamos acostumbrados, señor inspector. Es cuestión de un poco de paciencia y resignación, nada más.

En esos momentos, el trío de tortugas había llegado a un gran patio en cuyo centro destacaba la estructura de una especie de siniestro altar cubierto con un lienzo salpicado de sospechosas manchas rojas y rodeado de cráneos, diversos restos sanguinolentos y multitud de huesos esparcidos por el pavimento.

-Perdone, hermano Librerus: ¿cómo hay tal cantidad de huesos alrededor de ese altar?

-Verá, señor Higgins: hace tiempo, los druidas realizábamos sacrificios humanos en honor de nuestros dioses, pero actualmente ya no practicamos ese tipo de rituales.

-Entonces, ¿por qué no recogen todos esos restos?

-Porque los dioses podrían ofenderse si tocamos lo que nuestros antepasados ofrecieron en su honor. Por cierto, señores: ya hemos llegado a la biblioteca. Esperen aquí a que localice el libro con el mapa de la laguna.

En efecto: los tres acababan de llegar a una sala en la que la luz de un enorme globo terráqueo colocado sobre un pedestal, iluminaba con un extraño fulgor las grandes estanterías repletas de libros y pergaminos. Y mientras el bibliotecario desaparecía por uno de los pasillos laterales en busca del libro solicitado, el inspector Chu Lin aprovechó la ocasión para hablar con Higgins en voz baja.

-*Escuche atentamente lo que le voy a decil, señol Higgins. No me fio un pelo de esta gente después de habel visto lo que hemos visto al pasal al lado de ese altal. ¿Quién nos asegula que ya no placican saclificios humanos? ¿Eh?*

-*El bibliotecario ha dicho que eso ya no lo hacen...*

-*¡No sea ingenuo, señol Higgins! ¡El bibliotecalio puede decil lo que le de la gana, pelo yo no me lo cleo! Además, esa especie de globo teláqueo luminoso que hay en el centlo de esta biblioteca me da muy mala espina.*

-*¿Y qué sugiere usted, señor inspector?*

-*Que cuando el tal Liblelus tlaiga el liblo donde viene el mapa de la laguna, lo cojamos y salgamos pitando hacia la salida. Estos monjes no puede colel pol culpa del leuma, así que escapalemos de aquí sanos y salvos si nos damos plisa.*

-*Entendido, jefe. En cuanto usted de la orden, echaremos a correr.*

Justo en ese momento, apareció el bibliotecario con un libro en la mano.

-*Este es el manuscrito con el mapa del fondo de la Laguna Roja. Las reglas de nuestra hermandad no permiten que salga del templo ninguno de los libros de esta biblioteca, pero pueden ustedes memorizar el mapa y tal vez les sirva para localizar la gruta submarina y rescatar a los desaparecidos... si es que aún siguen con vida.*

Había llegado la hora: sin pensárselo dos veces, el detective arrebató el libro de un tirón al sorprendido druida y se lo entregó a Higgins.

-¡Ya tenemos el liblo! ¡Ahola, Higgins! ¡Cola! ¡Cola todo lo aplisa que pueda!

Higgins y el detective salieron del templo a la carrera en dirección al bosque, perseguidos a la pata coja por un tropel de furiosos druidas reumáticos, mientras el bibliotecario gritaba desaforadamente.

-¡Socorro, hermanos! ¡Los polis se escapan! ¡Atrapadlos!

Capítulo 5

Los preparativos

Afortunadamente, Higgins y Chu Lin eran bastante más rápidos que sus perseguidores, por lo que en un abrir y cerrar de ojos ya habían conseguido alejarse del templo lo justo como para que el peligro de ser capturados hubiese desaparecido. Y sin embargo, los dos policías continuaron corriendo durante un buen rato por el bosque hasta estar completamente seguros de que no se vislumbraba en lontananza el más mínimo rastro de la Hermandad del Santo Reuma.

-*Detective Chu Lin: empiezo a estar cansado. ¿Por qué no paramos de correr si ahora no nos persigue nadie?*

-*Pol si las moscas, señol Higgins, pol si las moscas.*

-*En este bosque no hay moscas, inspector... Sólo hay avispas y algunos mosquitos tigre.*

37

-¡No sea bulo, señol Higgins! "Pol si las moscas" solo es una explesión.

-¿Explosión?

-¡Explesión, no explosión! Una explesión es una flase que no debe tomalse al pie de la letla.

-Entendido, jefe: ha dicho expresión, no explosión. Pero si no paramos un poco, el que va a explotar seré yo.

-Está demasiado goldo, señol Higgins; ese es su ploblema. Debelía comel menos y hacel más ejelcicio. Fíjese en los michelines que soblesalen pol encima de su pantalón.

-Es que estos pantalones me quedan un poco estrechos, jefe.

-¡Déjese de escusas tontas y siga coliendo! La vida sedentalia es peljudicial pala la salud!

-¿Lo dice Confucio?

-¡Lo dice el sentido común!

-Pues lo diga quien lo diga, tengo que dejar de correr porque ya no puedo más.

-De acueldo: palalemos un momento. A estas altulas, esos telibles dluidas ya se hablán cansado de pelseguilnos.

-A mí no me parecieron tan terribles. Fueron muy amables hasta que usted le arrebató el libro a ese tal Librerus.

-¿Qué quelía que hiciésemos? Sin el liblo en el que figula el mapa del fondo de la laguna no podlíamos localizal la gluta submalina, y el helmano Liblelus no iba a pelmitil que nos lo lleválamos. Lecuelde que solo nos lo mostló y luego dijo "memolícenlo".

-¿Y cómo piensa llegar a la gruta submarina?

-Hablá que conseguil dos equipos de buceo.

-¿Para qué necesita dos?

-¡Palece tonto, Higgins! ¿Acaso puede usted buceal sin un buen equipo de buceo?

-No podría hacerlo ni con el mejor equipo del mundo. Nunca he buceado, inspector.

-¡Pues tendlá que aplendel! Sabe de sobla que el inspectol Campbell no puede acompañalme polque le peljudica la humedad. Además, aplendel a buceal es muy fácil. Como dice Confucio, el agua hace flotal el balco, pelo también lo puede hundil.

Una vez más, el infeliz Higgins no tenía escapatoria. Las imaginarias dolencias de su superior le estaban condenando a permanecer junto al engreído detective oriental hasta que éste finalizase su investigación. Así que, tras un breve descanso, los dos policías reanudaron la marcha, salieron del bosque y se personaron en la comisaría.

-¡Alucinante! ¡Sencillamente alucinante! ¿Pretenden que crea que han estado en un templo druida a pocas yardas de aquí?

-Me impolta un pimiento que lo clea o lo deje de cleel, señol Campbell. Hay un templo dluida escondido en el bosque de la laguna.

-Pero inspector Chu Lin: les prometimos a los druidas que no revelaríamos su secreto...

-Eso fue antes de que salielan como fielas detlás de nosotlos pala atlapalnos y saclificalnos a sus dioses. Además, segulo que ya hablán vuelto a ocultal la entlada del templo cubliendo la gluta de la catalata con matolales.

-A lo mejor lo único que querían era recuperar el libro que le quitamos al bibliotecario. El maestro Rehemus dijo que ya no hacían sacrificios humanos.

-Le volvelé a lepetil que ellos pueden decil misa. Si no fuela pol el bendito leuma, es posible que a estas holas estuviélamos los dos cliando malvas. Debelía sel más pludente, señol Higgins. El glan Confucio asegula que el cauto lalamente se equivoca.

-¿Les importaría dejar de discutir y enseñarme ese libro que han robado?

-Lobal es una palabla muy fea, inspectol Campbell. Los que loban son los ladlones, no los policías. Ese liblo solo lo hemos tomado plestado polque tiene un mapa del fondo de la laguna y lo necesitamos pala localizal la gualida subtelánea donde leside el mostluo malino. Cuando hayamos lesuelto este caso, devolvelemos el liblo a sus legítimos plopietalios.

-Tenga, jefe: este es el libro con el mapa.

Campbell examinó la portada con detenimiento. Después hojeó unas cuantas páginas sin comprender absolutamente nada, puesto que el libro estaba escrito utilizando el alfabeto sagrado ogham, el cual, según algunos historiadores, es incluso más antiguo que el alfabeto rúnico.

-No entiendo ni jota y seguro que ustedes tampoco. ¿Cómo pueden estar convencidos de que el mapa de ese libro se corresponde con el fondo de la Laguna Roja?

-Porque eso fue lo que nos dijeron los druidas, jefe.

-Peldone, Higgins: también nos dijelon que ya no hacían saclificios humanos, pelo el altal estaba lodeado de huesos que no palecían de animalitos del bosque plecisamente.

-Aclárese de una vez, detective Chu Lin ¿Vamos explorar el fondo de la laguna? ¿Sí o no?

-¡Natulalmente, inspectol Campbell! Ese mapa es lo único que tenemos, así que no queda más lemedio que confial en que los dluidas no nos hayan mentido. Pelo necesitalemos dos o tles equipos de buceo.

-¿Dos o tres?

-Pol supuesto: dos, si vamos Higgins y yo solos; tles, si quiele usted acompañalnos, inspectol.

-Nada me gustaría más si no fuese por mi maldita hernia.

-Cielto, ya no me acoldaba de su delicado estado de salud. No se pleocupe, señol Campbell: consíganos dos equipos de inmelsión, que Higgins y un selvidol localizalemos la gualida del monstluo.

-¿Y qué espera encontrar ahí abajo, detective Chu Lin?

-Espelo hallal la lespuesta a las desapaliciones y volvel con el caso lesuelto. Según Confucio, lo más difícil de todo es encontlal un gato neglo en una habitación oscula, soble todo si no hay gato.

Capítulo 6

Hacia la boca del lobo

Enviados por la Comandancia de Marina, los dos equipos de  buceo no tardaron en llegar a la comisaría de Khepenna, por lo que, al día siguiente, tras un merecido y reparador descanso nocturno, el detective Chu Lin y su resignado compañero se dirigieron muy temprano a la orilla de la laguna. Las primeras luces del amanecer se habían conjurado aquella fría mañana para ofrecer a los dos policías una increíble y bellísima aurora boreal que cubría las aguas con un irisado manto en el que el rojo era su color predominante.

-*¡Helmoso espectáculo! ¿No es veldad, señol Higgins?*

-*Sería más hermoso si no tuviésemos que descender ahora hasta el fondo de ese lago, jefe. En esta época del año el agua suele estar casi congelada.*

-*¡Qué quejica es usted, Higgins! Pol si no lo sabe, los tlajes de neopleno que llevamos puestos nos plotejelán del flío.*

43

-¿Y también nos protegerán de las mordeduras de los tiburones?

-¡No diga buladas! ¡Nadie ha visto nunca tibulones en esta laguna! ¡Los escualos suelen opelal en mal abielto!

-Vale, no puede haber tiburones en una laguna, pero podría haber cocodrilos...

-¡Los cocodlilos solo viven en las legiones tlopicales de Áflica, Asia, Amélica y Austlalia! Pol lo tanto, no pueden atacalnos aquí en Eulopa.

-Bueno, pero ¿y si nos atacan las pirañas? Tengo entendido que sus dientes son temibles.

-¡Es que tampoco puede habel pilañas, homble! ¡Esos son peces de lío! A plopósito: ¿sabe usted lo que es un lío, Higgins?

-Sí, jefe: ya nos lo explicó ayer en la comisaría.

-¡Vaya, se me había olvidado! ¿Conoce el chiste de la fáblica china de esmaltes?

-No, jefe, ese no me suena.

-Velá: llaman pol teléfono y pleguntan: "¿Es ahí la fáblica china de esmaltes?" Y al otlo lado de la línea le contestan:

"¡Sí, está hablando usted con la fáblica china, pelo no es maltes: es miélcoles!"

-¡Ja, ja, ja! ¡Muy bueno, jefe, muy bueno!

-¿A que sí, Higgins?

-¡Es para troncharse, jefe! ¡Uno de los mejores chistes que me han contado en mucho tiempo!

-Pues hala, al agua, patos, que ya va siendo hola de que tlabajemos un poco.

-Oiga, jefe: ¿no podría buscar usted solo la gruta submarina? Teniendo el mapa de los druidas a mí no me necesita para nada...

-¡Higgins, haga el favol de colocalse las gafas y el leguladol, coja ese fusil submalino y métase en el agua de una maldita vez! ¡Y lecuelde mis instlucciones, polque con el leguladol puesto ya no podlemos seguil hablando!

El oficial remolón cogió un fusil de asalto subacuático y se ajustó las gafas y el regulador de buceo, pero continuó en la orilla sin decidirse a entrar en el agua. Así que esta vez, para acabar con su terca resistencia, la tajante orden del detective Chu Lin fue acompañada de un repentino empujón que lanzó a Higgins a

45

la laguna, donde, tras algunos ridículos e inútiles braceos, el cuerpo del infeliz policía empezó a sumergirse con rapidez.

Aquellos lectores que nunca hayan practicado el deporte del buceo posiblemente agradezcan que les aclaremos un par de importantes diferencias entre lagos y lagunas: una, que éstas suelen ser bastante más pequeñas; otra, que la profundidad de sus aguas oscila entre los tres y los quince metros, en tanto que la de los lagos escoceses (el Ness, por ejemplo) puede sobrepasar los doscientos treinta. Este último dato resulta fundamental para admitir que el torpe de Higgins, guiado mediante las indicaciones gestuales de Chu Lin, estuviera capacitado para llegar sin demasiados problemas al fondo de la Laguna Roja, que en esa época del año apenas alcanzaba los diez metros de profundidad. Y aunque las aguas de las lagunas suelen ser dulces, las que en esta aventura nos ocupan eran salinas debido a su origen marino.

Hacemos esta tercera y última aclaración porque la flora más importante de este tipo de lagunas son los juncales, los cuales, como sugiere su nombre, están formados por extensas zonas de juncos, entre los que suelen ocultarse determinadas especies de peces, anfibios y reptiles, tales como tortugas, serpientes acuáticas e incluso cocodrilos.

Si, ya sabemos que, según Chu Lin, el cocodrilo es un animal propio de las regiones tropicales y que prácticamente ya ha desaparecido de las lagunas del continente europeo. Pero eso habría que explicárselo al gigantesco saurio que surgió de pronto ante los sorprendidos buceadores: un magnífico

 ejemplar de unos seis metros de longitud y casi setecientos cincuenta kilos de peso, perteneciente a la familia de los crocodylus porosus, que suele habitar en aguas pantanosas, y que se dirigió hacia ellos con sus grandes fauces abiertas, en cuyo interior se distinguía con claridad una amenazadora dentadura.

La reacción de los dos policías fue diametralmente opuesta: mientras el pobre Higgins, incapaz de mover un solo músculo, quedaba paralizado por el terror, el detective apuntó con su fusil a la cabeza del cocodrilo. Y como bajo el agua no se puede hablar, a Chu Lin se le ocurrió hacerse comprender mediante señas, al mismo tiempo que intentaba gritar lo que el pobre oficial no podía oír.

-¡Higgins, use su fusil o quítese de en medio, homble! ¡Está impidiendo que yo le dispale a ese bicho!

Aunque no oyese a su compañero, el aterrorizado oficial, al que su fusil se le había escapado de las manos, entendió lo que el detective quería decirle, pero continuó sin moverse, con la mirada hipnóticamente puesta en el enorme animal que se le aproximaba cada vez más.

-¡Ya lo tiene casi encima, Higgins! ¡Intente golpeal su naliz o métale el dedo pulgal en un ojo! ¡Eso les suele espantal!

Desesperado, el detective prosiguió con su incomprensible monólogo, cuyos gestos el oficial era incapaz de interpretar ahora. Pero cuando el infeliz policía estaba a punto de pasar a mejor vida, se produjo el milagro: perdió el conocimiento y se fue sumergiendo hasta quedar tendido en el fondo de la laguna, circunstancia que el detective Chu Lin aprovechó para apretar el gatillo y disparar una ráfaga de proyectiles que impactaron en el cuerpo del animal, el cual finalmente optó por darse a la fuga mientras el agua se iba tiñendo de rojo debido a la sangre que manaba por sus heridas.

El detective se aproximó a Higgins y empezó a zarandearle para conseguir que se volviera a incorporar. Luego, por señas, le indicó la dirección hacia donde debían dirigirse los dos policías, uno resueltamente decidido y el otro todavía pálido y tambaleante.

Por fortuna, el mapa de los druidas era auténtico, como pronto pudieron comprobar cuando localizaron la entrada de la gruta submarina, en la que una serpenteante escalinata labrada en la roca daba la impresión de conducir a niveles superiores. A la derecha de la lóbrega caverna, el cráneo de un desventurado visitante servía de advertencia a los intrusos de los peligros que les aguardaban.

Un nuevo gesto de su intrépido compañero señaló a Higgins el camino a seguir para llegar al cubil del supuesto monstruo marino, que, según las indicaciones del mapa, debería estar al final de la escalinata.

Capítulo 7

El monstruo de la laguna

La escalinata conducía a un nivel superior que el agua de la laguna no podía alcanzar a causa del efecto "sifón invertido"

 de la teoría de los vasos comunicantes. Este nuevo recinto estaba decorado con las retorcidas ramas de extraños árboles, cuyas raíces parecían surgir del techo de la gruta, y con varias plataformas rocosas mágicamente suspendidas en el aire, el cual debía ser respirable, cosa que enseguida comprobó el detective de Scotland Yard cuando decidió desembarazarse de su incómodo equipo de suministro de oxígeno.

-Aquí puede olvidalse del oxígeno, Higgins. Ahola ya no estamos bajo el agua. Pelo plocule conselval la calma, polque aún no sabemos a qué vamos a enflentalnos.

Igual que acababa de hacer el detective, Higgins se quitó la boquilla, dejó en el suelo las pesadas botellas de oxígeno y liberó sus ojos de las gafas protectoras, tras lo cual, y para desgracia de Chu Lin, los dos policías volvían a estar en disposición de reanudar sus desquiciantes diálogos.

-Pues yo sí tengo media idea del tipo de bichos a los que nos podemos enfrentar en estas profundidades, jefe. Por ejemplo, a los cocodrilos, que, según usted, no existen en Escocia.

-Señol Higgins: los cocodlilos son animales acuáticos, así que, si no hay agua, aquí tampoco puede habel cocodlilos.

-Vale, jefe. ¿Y qué me dice del que casi me devora hace un momento en la superficie de la laguna? Por cierto, aún no le he dado las gracias por rescatarme de las garras de esa mala bestia y convencerla de que se había equivocado de lugar.

-No tiene impoltancia, Higgins. También usted me salvó de quedal atlapado en las alenas movedizas. En cuanto a ese cocodlilo, es posible que se haya escapado de un zoológico.

-¡Pero jefe, si el zoo más cercano está a más de doscientas millas de Khepenna...!

-¡Aunque estuviela a cuatlocientas! Algunos leptiles pueden lecolel glandes distancias sin cansalse. Así que olvídese ya del cocodlilo y concéntlese en lo que hemos venido a buscal: el monstluo de la laguna.

-Oiga, jefe: ¿y si ese famoso monstruo fuese el cocodrilo que usted ha espantado?

-¡No diga bobadas, Higgins! Hemos encontlado a ese animal pol pula casualidad. Los cocodlilos solo viven en los líos, en

52

los lagos y en las aguas pantanosas. Estamos en una gluta y el mapa de los dluidas se lefiele a una cavelna en la que hay un monstluo, no un cocodlilo; pol lo tanto, tendlemos que buscal un monstluo.

-¿Por qué no lo busca usted, jefe? A mí me da mucho miedo.

-¡No me toque más las nalices, Higgins! ¡Yo también tengo miedo! Tenel miedo es nolmal. Confucio dice que pala conveltilse en un dlagón, plimelo hay que suflil como una holmiga.

Que Higgins estaba sufriendo era innegable; pero a pesar de la sabiduría de los proverbios de Confucio, no parecía lógico que una persona tan pusilánime fuese capaz de convertirse en un dragón. De todas maneras, como a la fuerza ahorcan, el timorato oficial hizo de tripas corazón y ambos policías se dirigieron hacia las plataformas flotantes, las cuales parecían señalar el camino hacia otra gruta.

Sin embargo, antes de que diesen los primeros pasos en esa dirección, de repente se escuchó un siniestro sonido semejante a un disparo que les hizo mirar hacia atrás: a sus espaldas, surgido de la nada, acababa de aparecer un octópodo gigantesco que hasta ese momento había permanecido oculto, mimetizando el color de su piel con el de las paredes de la cueva, curiosa característica de ese inteligente depredador que tiene la misma capacidad de camuflaje de un camaleón y es capaz de recorrer sin problemas el más intrincado de los laberintos rocosos diseñados por el hombre o por la naturaleza.

-¡Dios bendito! ¡El monstruo estaba escondido ahí, jefe!

Fuese o no fuese el monstruo de la laguna, lo realmente monstruoso era el tamaño del pulpo, al igual que la longitud de sus ocho tentáculos que, a ojo de buen cubero, debían medir más de cuatro metros.

-¡Lo veo y no lo cleo! ¡Qué cosas más lalas pasan en esta laguna! ¿Cómo es posible que haya llegado hasta aquí ese monstluo? ¡Los pulpos son animales malinos!

La observación de Chu Lin era cierta, pero solo a medias: porque aunque los pulpos sean criaturas marinas, su capacidad para absorber el oxígeno del agua les permite salir a tierra firme y sobrevivir al aire libre durante bastante tiempo, a condición de que su piel se mantenga húmeda siempre.

-¡No se le acelque, Higgins! ¡Solo mile sus anillos! ¡Si son azules, como le toque considésele homble muelto!

-No veo ningún anillo, jefe. ¡Qué lástima!

-¿Qué lástima pol qué?

-Porque el azul es mi color favorito.

-¡Déjese de estupideces, Higgins! ¡Los pulpos con anillos azules son uno de los animales más venenosos de este planeta! ¡Con su veneno podlía matal a veinte humanos en cuestión de minutos!

-Bueno, jefe, pero esta monada no es uno de esos pulpos venenosos. Parece inofensivo.

-¡Higgins, se está acelcando demasiado al pulpo! ¡Aléjese de él!

Por desgracia para Higgins, la advertencia del detective llegó demasiado tarde: de repente, el enteroctopus dofleini, un gigantesco animal de nueve metros de longitud, se echó encima del temerario oficial y le apresó con el poderoso abrazo de sus ocho tentáculos.

-¡Socorro, jefe! ¡Auxilio! ¡Me he dejado atrapar!

-¡Condenado Higgins! ¿Cómo puede sel usted tan estúpido?

-¡Haga algo, jefe! ¡El pulpo me está asfixiando!

Aunque se arriesgaba a matar a su compañero, Chu Lin no tuvo más remedio que disparar con su fusil a la cabeza del pulpo hasta agotar la poca munición de su cargador, que había quedado casi vacío tras el combate con el cocodrilo. Afortunadamente, esos pocos disparos fueron suficientes y el animal, al sentirse herido, aflojó la presión de sus tentáculos liberando al policía.

-¡Un millón de gracias, jefe! ¡Ha vuelto a salvarme la vida!

-Agladézcaselo a su buena estlella, Higgins. Paiece que tiene usted más vidas que un gato, pelo no abuse de su suelte. Lecuelde lo que dice Confucio: el homble que ha cometido un elol y no lo colige comete otro elol mayol.

-Intentaré no olvidarlo.

-Ahola, si no le impolta, deme su fusil. A mí ya no me quedan balas pol culpa de sus eloles.

-Lo siento, jefe, pero mi fusil se me cayó al suelo en la otra caverna. ¿Quiere que regrese allí y lo vuelva a coger?

-¿Se ha vuelto usted loco, Higgins? ¿No ve que no podemos letlocedel polque ese maldito pulpo sigue bloqueándonos el paso?

-Entonces, ¿qué sugiere que hagamos?

-¡Escapal de esta cueva a toda plisa! ¡Hay que lalgalse de aquí antes de que el pulpo se leponga y vuelva a atacalnos!

-Entendido, jefe.

-¡Pues cola, Higgins, cola pol su vida! ¡Si nos ataca otla vez, ya podemos dalnos pol mueltos!

A pesar de sus heridas, el cefalópodo gigante todavía les observaba amenazador agitando sus tentáculos. Así que, sin pensárselo dos veces, los policías se lanzaron a tumba abierta hacia la salida de la cueva, que, por suerte, era el final del laberinto submarino. Pero cuando por fin llegaron a la boca de la última caverna, se encontraron con la más inesperada de todas las sorpresas: en el exterior se distinguían con total claridad las ruinas del templo de los druidas, desde cuya puerta trasera, un grupo de esos siniestros sacerdotes les contemplaban con una malévola mirada que no presagiaba nada bueno.

Capítulo 8

La huída

Por increíble que pueda parecer, la salida del complejo laberinto de grutas submarinas que figuraba en el mapa como supuesto refugio del monstruo de la laguna, conducía a la parte posterior del templo de los druidas. Y lo más inquietante era que, advertidos tal vez por los gritos proferidos por los policías durante la pelea contra el pulpo, delante de la entrada les estaban esperando algunos de los reumáticos cofrades, que no parecían dispuestos a dejar escapar nuevamente a los ladrones de libros.

-¡La madre que les parió! ¡Esos monjes intentan cortarnos el paso, jefe!

-¡Lo que quielen es ensaltalnos como a pollos en un asadol! ¡Fíjese en las afiladas lanzas que empuñan!

-Es que eso que empuñan no creo que sean lanzas, jefe: más bien parecen antorchas.

-Pues lo siento, polque, según Confucio, es más fácil esquival una lanza que un puñal oculto. De todas folmas, esos dluidas no están ahí pala coltalnos el paso, sino el cuello. ¡Ni se le ocula acelcalse a ellos, Higgins!

-¿Y qué podemos hacer, jefe? No pretenderá que volvamos a entrar en la cueva del pulpo...

-¡Pol supuesto que no! Además, puede que no nos quede oxígeno suficiente pala volvel pol donde hemos venido. Así que lo más pludente selá leglesal a la comisalía atlavesando otla vez el bosque.

-Pero si queremos llegar al bosque tendríamos que entrar en el templo por esa puerta y salir por la principal... ¿no, jefe?

-Espelo que no, señol Higgins. Vamos a il pol el sendelo de la delecha. Lo malo es que pala cluzal el puente del lío hablá que lodeal el maldito templo y pasal flente a la entlada plincipal, donde segulamente nos estalá espelando el lesto de los monjes de esa conglegación de fanáticos asesinos.

-Parece un buen plan, jefe, aunque tendremos que correr bastante.

-Yo estoy acostumblado, señol Higgins. Ahola selá usted el que tenga que colel mucho más de lo que ha colido en toda su vida. Así que pleplásele, polque a la de tles comenzalá una veldadela calela.

-Está bien, señor Chu Lin, pero si no le importa, vaya delante y yo iré detrás. Como habrá comprobado, soy muy torpe corriendo con las aletas de buceo.

-¿De velas clee que solo es tolpe coliendo con aletas? ¡Qué optimista es usted! ¡Bueno, quíteselas si plefiele colel descalzo, aunque yo no se lo lecomendalía. ¿Plepalado, señol Higgins?

-Cuando usted lo ordene, jefe.

-Pues a la de una..., a la de dos... ¡y a la de tles! ¡A colel!

Pese a las aletas, los policías echaron a correr como alma que lleva el diablo, pasando frente al pequeño grupo de monjes que les aguardaban ante la entrada trasera sin darles la más mínima opción para que pudiesen reaccionar, y después continuaron corriendo hasta perder de vista definitivamente a los frustrados druidas.

Tal como el detective había supuesto, ese sendero bordeaba el templo para enlazar con el que servía de acceso a la entrada principal, en la que ya les estaban esperando el Hermano Rehemus, el bibliotecario Librerus, el curandero Ghalenus, el sacerdote Ethernus y un numeroso grupo de druidas armados hasta los dientes con todo tipo de instrumentos cortantes: puñales, cuchillos, hachas, navajas, e incluso tijeras, lo que corroboraba la teoría de Chu Lin de que los "hospitalarios" monjes querían rebanarles el pescuezo para conservar sus cabezas como recuerdo de su visita.

-¡Hola de nuevo, hermanos! ¡Qué alegría volverles a ver por aquí! Ayer se fueron ustedes sin despedirse y no pudimos agasajarles como hubiéramos deseado.

-Les pedimos perdón, hermano Rehemus. Es que teníamos un poco de prisa porque nos estaba esperando mi superior, el inspector Campbell, e íbamos a llegar tarde.

-Eso me gusta, hermano Higgins. La puntualidad es una excelente virtud. Pero supongo que hoy no tendrán ustedes tanta prisa, ¿verdad?

-Supone usted mal, helmano Lehemus. Tenemos muchísima más plisa que ayel. Hoy solo hemos venido pala devolvel al helmano Liblelus el liblo que tan amablemente nos plestó.

-¿Cómo que yo les presté ese libro? ¡Eso no es cierto! ¡Solo les permití ojearlo un momento, hermano Rehemus! ¡Les dije claramente que las reglas de nuestra Hermandad prohíben sacar libros de la biblioteca, pero me lo arrebataron de las manos y echaron a correr!

-¡Vaya, vaya, vaya...! El mentir es una cosa muy fea, señor Chu Lin, pero robar libros es aún mucho peor! ¿Le importaría devolvernos ese libro?

-Con sumo placel, helmano Lehemus. Aquí lo tienen. Acabo de decil que hemos venido a devolvel el liblo.

Chu Lin le entregó el manuscrito al bibliotecario, que lo examinó durante un momento y no tardó en descubrir que faltaban las páginas en las que su anónimo autor había dibujado a mano el mapa del fondo de la Laguna Roja con la localización de la entrada de la gruta submarina.

-¡Ya no está el mapa de la laguna, hermano Rehemus! ¡Faltan algunas páginas! ¡Estos sacrílegos deben haberlas arrancado!

-¡Jamás halíamos una cosa así, helmano Liblelus! ¡Le julo pol mi tío Altulo que nosotlos no hemos alancado ninguna página de ese liblo! ¡Hablá sido el cocodlilo o el pulpo de la laguna, que casi nos atlapan!

-¡No siga mintiendo, pecador! ¡Los cocodrilos y los pulpos no pueden arrancar las hojas de un libro!

-Pelo señoles dluidas, es que esos bichos elan enolmes... Vayan ustedes a sabel de lo que son capaces.

-¡Malditos infieles! ¡Pagarán con sus vidas el haber destrozado uno de nuestros libros sagrados! ¡A por ellos, hermanos! ¡Cogedles vivos y llevadles al altar de los sacrificios!

La orden del superior de la Hermandad del Santo Reuma fue inmediatamente obedecida, y un ejército de disciplinados monjes se abalanzó sobre los policías con la intención de rodearles.

-¡Higgins, tenemos que salil de aquí a toda pastilla! ¡Si quiele conselval la cabeza soble sus homblos, plocule colel todo lo que pueda!

A pesar del inconveniente de ir calzados con aletas de buceo y de la manifiesta torpeza de Higgins para correr embutido en su traje de neopreno, los dos investigadores se dirigieron hacia el bosque como una exhalación, perseguidos a la carrera (es un decir) por el grupo de reumáticos monjes, los cuales salieron tras ellos en un vano intento de alcanzarles. Y en menos que canta un gallo, el ágil detective y su torpe ayudante alcanzaron la salida de la gruta de la catarata. Finalmente, después de desbrozar la maleza con la que los druidas habían vuelto a ocultar la entrada de la caverna, atravesaron la pasarela sobre el riachuelo y se internaron en el bosque.

Epílogo

-Bueno, señor detective: según usted, el misterio de las personas que desaparecieron en las inmediaciones de la Laguna Roja está ya prácticamente resuelto.

-Sí, señol Campbell. Lo especifico muy clalo en el infolme que acabo de ledactal al señol Higgins.

-Está bien. Pero antes de enviarlo a nuestros superiores, se lo leeré para asegurarnos de que no contiene ningún error.

-Ploceda, inspectol, ploceda.

-"A causa de las recientes desapariciones de varias personas acaecidas en los alrededores de la denominada Laguna Roja, el detective Chu Lin, acompañado por el oficial de policía Higgins, procedieron a investigar y descubrieron una gruta submarina que se comunicaba, mediante un laberinto de cuevas, con un antiguo templo escondido en el Bosque de la Ciénaga. Personados en el templo, los policías comprobaron que estaba ocupado por una fanática secta de druidas que realizaban sacrificios humanos, para lo que periódicamente debían abastecerse de víctimas. Dichas víctimas las conseguían gracias a sus profundos conocimientos de las fuerzas de la naturaleza y a una extraña máquina esférica, localizada en su biblioteca, mediante la cual habían logrado controlar a un gigantesco pulpo del género enteroctopus

dofleini, que, oculto en el agua, apresaba con sus enormes tentáculos a los incautos que se aproximaban a la orilla de la laguna. Una vez atrapada su presa, el pulpo la transportaba al templo a través de las cavernas, para que los druidas procediesen a sacrificarla en el altar.

Dada la peligrosidad de esa secta, aconsejamos enviar al cuerpo de élite de la policía con la misión de detener a los monjes, que deberán ser puestos a disposición judicial, para que puedan ser juzgados y condenados por sus horrendos crímenes."

-¿Correcto, detective Chu Lin?

-Sí. Está todo pelfectamente aclalado.

-No, todo no: se olvidan ustedes del cocodrilo.

-Higgins, ya le dije que el encuentlo con el cocodlilo fue pol casualidad. Los dluidas no son tan estúpidos como pala contlolal un cocodlilo. ¿No complende que entle las fauces de ese animal las futulas víctimas hablían llegado al templo despedazadas?

-Pues yo sigo opinando que el cocodrilo que nos atacó no pudo escaparse de ningún zoológico. Debería quedarse unos días más para investigar ese otro misterio, señor Chu Lin.

Mientras el detective oriental meditaba sobre la respuesta que debía dar, Campbell le dedicó a su obtuso ayudante una más de sus terroríficas miradas asesinas.

-¿Pol qué se sigue empeñando en buscal tles pies al gato, señol Higgins? Puesto que este caso ya está celado y lequetecelado, hoy mismo emplendelé el viaje de regleso a Londles Pelo si me pelmite un consejo, estudie con detenimiento una flase del glan Confucio: si pudielas dal una patada a la pelsona lesponsable de la mayolía de tus ploblemas, no te podlías sental en un mes.

FIN DE "EL MISTERIO DE LA LAGUNA ROJA"

Caso n° 2: el misterio de las casas negras

A los que planeen visitar el oeste de Escocia es probable que les recomienden el archipiélago de las Hébridas, compuesto por unas quinientas islas, de las cuales solo un centenar están habitadas. Sin duda alguna, lo más conocido de este bello rincón de nuestro planeta es la famosa Gruta del Fingal, bautizada así por el poeta escocés James Macferson en honor del gigante Fingal, un héroe irlandés que, según la leyenda, fue el que construyó el dique que unía Irlanda con Inglaterra.

Después de realizar un viaje por Escocia en 1829, el genial Félix Mendelssohn se inspiró en ese mismo lugar para componer su "Sinfonía Escocesa" y la "Obertura de Las Hébridas", más conocida como "La Gruta de Fingal". Esa cueva resulta tan fantástica y enigmática que incluso el escritor Julio Verne la utilizó como escenario de uno de los episodios de su novela "El rayo verde".

Como es lógico, los lectores se preguntarán qué tienen que ver las Islas Hébridas con esta aventura, en la que la policía del pueblecito de Khepenna vuelve a solicitar la ayuda del filosófico detective Chu Lin para que les resuelva otro desconcertante misterio. Pues, en principio, diremos que no tienen absolutamente nada que ver; aunque debido a las absurdas conclusiones a las que suele llegar el famoso investigador de origen oriental, tampoco nos atreveríamos a asegurarlo.

Sin embargo, si rizamos el rizo, podríamos hacer una comparación entre lo que ocurre en el interior de la Gruta de Fingal y el extraño caso del pueblo de Khepenna, ya que en ambos casos podríamos usar la misma palabra: misterio.

 Porque la sala principal de esa famosa cueva repite los sonidos que producen las olas, dando lugar a que la Fingal's Cave parezca que esté cantando (de ahí su antiguo nombre gaélico Uamh-Binn, traducido como "La cueva melodiosa"). Y lo que desde hace unos días empezaba a suceder en muchas casas del bello pueblo de Khepenna no era como para ponerse a cantar, sino más bien para echarse a llorar: las viviendas de

esa localidad turística se estaban transformando poco a poco en horrendos edificios pintados de negro.

Por último, pedimos a los lectores que nos permitan la licencia de dotar a los policías de Khepenna de armas de fuego, cuando, como todo el mundo sabe, los guardianes de la Ley británicos (salvo los componentes de los cuerpos especiales) solo pueden usar porras y esposas.

Así que, después de este obligado preámbulo, dejemos que el excéntrico emulador de Sherlock Holmes intente resolver un nuevo enigma y demos comienzo sin más dilación al terrorífico caso titulado "El misterio de las casas negras".

Capítulo 1

La histeria se repite

-¡No, no, no y un millón de veces no, señor Higgins! ¡Me niego en redondo a solicitar a Scotland Yard que vuelvan a enviarnos a ese petulante detective!

-Recapacite, señor Campbell: el caso de las viviendas negras se está convirtiendo en un problema peliagudo, excepto para el gremio de pintores, que hará su agosto cuando se solucione el misterio; pero de momento, los propietarios de esas casas están que echan chispas.

-Lo sé, Higgins, lo sé: pinten cualquier habitación del color que la pinten, a la mañana siguiente sus cuatro paredes aparecen más negras que el carbón. Y aunque no la pinten, da igual, porque en cuanto la pintura de una pared se deteriora mínimamente, el cuarto en cuestión amanece repintado de negro como por obra del diablo.

-Eso no es lo peor, jefe: ahora esa especie de maldición se está empezando a extender a las fachadas y ya hay varios edificios que parecen el anuncio de una funeraria. Sin ir más

lejos, la de esta comisaría tiene desde hace días un tono grisáceo bastante sospechoso.

-Sí, ya me he dado cuenta. Y con la temporada turística a la vuelta de la esquina, si se prolonga esta situación sería la ruina para nuestra localidad. ¿A quién le va a apetecer pasar sus vacaciones en un pueblo que podría haber sido sacado de una película de terror de Boris Karloff?

-Supongo que seguramente a los amantes de ese tipo de películas.

-¡No empiece a decir bobadas, Higgins! ¡Nadie en su sano juicio reservaría una habitación en un hostal que se parece cada vez más a la mansión del Conde Drácula!

-Entonces no queda más remedio que llamar a Scotland Yard para pedirles que nos manden otra vez al inspector Chu Lin. Nosotros ya hemos hecho todo lo posible y seguimos sin averiguar la causa de esos fenómenos paranormales.

-¡De acuerdo, señor Higgins! ¡Haga la llamada! ¡Pero le advierto que como ese petulante detective suelte otro de sus acostumbrados proverbios orientales, no respondo de mis actos!

-Pues mucho peores que los proverbios de Confucio son los chistes que a veces cuenta, jefe.

-¡No me lo recuerde! ¡El de "la coliente de agua que va a dal al mal" era como para asesinarle!

-¿Ese le pareció malo? Pues espere a que le cuente el de "la fáblica china de esmaltes".

-Es que como se le ocurra contármelo, le juro que soy capaz de jugarme el retiro estampándole un pisapapeles en su cabezota.

-Tampoco es para tanto, jefe. A mí me lo contó cuando investigábamos el caso de las desapariciones de la laguna roja, y hasta tenía cierta gracia.

-Bueno, allá usted con su particular sentido del humor. Haga esa llamada de una puñetera vez y sea lo que Dios quiera.

Según dice el refrán, a la fuerza ahorcan. Así que como la epidemia de las casas negras amenazaba con sepultar el pueblo entero bajo toneladas de pintura de ese fúnebre color, al irascible inspector jefe Campbell no le quedó más remedio que autorizar a su ayudante para que efectuase a Scotland Yard una nueva petición de socorro. Y a las pocas horas, el presumido, irónico y filosófico detective británico de origen oriental Chu Lin, volvía a personarse en las dependencias de la comisaría de policía de Khepenna.

-A vel si lo he complendido, inspectol Campbell: cuando en este pueblo pinta alguien una paled de cualquiel colol, a las pocas holas ese colol se convielte en neglo como pol alte de magia.

-No exactamente, detective Chu Lin. Ha habido casos de pintar una sola pared y a la mañana siguiente aparece toda la habitación pintada de negro.

-Entonces la solución al ploblema es muy sencilla: que nadie pinte paledes hasta que desentlañemos el mistelio.

-Es que aunque se prohíba pintar, en cuanto la pintura de una pared se deteriora, también esa habitación amanece pintada de negro.

-Bien, pues podemos hacel otla cosa: ¿pol qué no aconseja a los khepenenses que empapelen en lugal de pintal? Una habitación empapelada también pude sel elegante. Y como dice Confucio, es mejol encendel una vela que maldecil la osculidad.

Campbell tenía razón: la vena filosófica del detective era tan inagotable como insoportable. Y aunque su mano derecha agarró un pisapapeles, el inspector logró contenerse a duras penas, mientras el oficial Higgins observaba la maniobra aterrorizado.

-Lo siento, señor Chu Lin, pero no creo que eso resolviese el problema. La pintura negra se extiende por el pueblo con extraordinaria rapidez, y empapelar las habitaciones de todas las casas llevaría demasiado tiempo. Además, ahora también empiezan a teñirse de negro las fachadas de los edificios. No pretenderá que también empapelemos las fachadas...

-Yo no pletendo nada, inspectol. Solo quielo encontlal una solución de emelgencia hasta que lesolvamos el mistelio de las casas con paledes neglas. Y pala analizal ese ploblema intento mantenel la cabeza flia y el colazón caliente, como aconseja el Glan Confucio.

Si las miradas matasen, el detective Chu Lin habría caído al suelo fulminado por la que en ese momento le dirigía el inspector Campbell, al mismo tiempo que su horrorizado ayudante intentaba echarle una mano interviniendo en la conversación, que amenazaba con acabar como el rosario de la aurora.

-Perdón, señor Chu Lin: ¿me permite preguntarle por dónde vamos a empezar las investigaciones?

-Evidentemente, señol Higgins, tendlemos que entlal en una casa que ya haya suflido esa extlaña infección pictólica.

-¿Ha pensado que necesitaremos el permiso del dueño o un mandamiento judicial?

-Lo sé, señol Higgins, aunque no cleo que nadie se niegue a que la policía entle en su casa pala lesolvel ese mistelio.

-Sería lo normal, pero podríamos empezar por la casa de mi tía Sonia, que ya tiene dos habitaciones negras, y que, siendo yo su sobrino, no nos pondrá ninguna pega.

-Lo mismo da empezal pol una que pol otla. ¿No le palece, señol Campbell?

-Naturalmente, señor Chu Lin. Pero aunque me gustaría acompañarle, tendrá que ir con mi ayudante, porque yo soy alérgico a la pintura.

-¿Tiene alelgia a la pintula, inspectol? Cleía que ela al polen plimavelal... Bueno, no impolta: ilé una vez más con su ayudante. Pol favol, Higgins: comunique a su tía que mañana, si no tiene inconveniente, nos plesentalemos en su casa y plocedelemos a examinal las habitaciones.

-Como usted ordene, detective Chu Lin. Ahora mismo la llamo para decirle que a primera hora le recogeré a usted en el hostal e iremos los dos a visitarla.

-Pelfecto, Higgins. Ahola, con su pelmiso, señol Campbell, quisiela letilalme a descansal. Como bien sabe, el viaje desde Londles es agotadol. Y no se pleocupen demasiado pol esa holible epidemia de pintula negla: Confucio dice que de las nubes más neglas también cae un agua limpia y fecunda.

Tres proverbios de Confucio en menos de diez minutos era más de lo que Campbell podía soportar. Pero por suerte para la integridad física del detective Chu Lin, la trémula mano del inspector jefe de la comisaría de Khepenna no encontró el pisapapeles que estaba buscando porque el precavido oficial de policía Higgins acababa de hacerlo desaparecer dentro de un cajón.

Capítulo 2

Una casa con problemas

Tal como habían planeado, a primera hora de la mañana el ayudante de Campbell, con su habitual puntualidad británica, se personó en el hostal donde se alojaba Chu Lin y, después de un frugal desayuno, los policías se dirigieron al domicilio de la tía de Higgins.

Como la mayoría de las viviendas particulares de Khepenna, la de Lady Sonia era una casa de estilo victoriano a la que el paso de los años había dotado del innegable encanto de los edificios antiguos. Construida en un terreno de reducidas dimensiones, para aprovechar el poco espacio horizontal disponible, su obligada estrechez la compensaba estirándose hacia el cielo hasta alcanzar la altura correspondiente a sus tres plantas, rematadas por un torreón que daba a esa vivienda el aspecto de un castillo medieval.

La misteriosa y nada decorativa marea negra que estaba invadiendo el pueblo parecía haber respetado hasta ese momento la fachada de la casa de Lady Sonia, debido quizá a sus muchos y grandes ventanales, cubiertos con vidrieras de colores, los cuales, junto con el porche de la puerta principal

81

al que se podía acceder subiendo los seis peldaños de una escalinata de piedra, dejaban poca superficie útil para que fuese aprovechada por los fantasmales pintores.

Al ser la actual residencia de Higgins, éste utilizó su propio juego de llaves para entrar en la casa sin necesidad de llamar al timbre. Y conocedor de las costumbres mañaneras de su tía, fue directamente a la cocina, seguido a una prudente distancia por el curioso detective, el cual, debido a lo que podríamos calificar como deformación profesional, se dedicó a escudriñar todos los rincones durante el corto recorrido por los pasillos de la mansión.

 Lady Sonia, una mujer madura que todavía conservaba cierto atractivo, al enviudar cuatro años atrás, vio cómo sus ingresos quedaban drásticamente reducidos, hasta el punto de tener que adoptar la dolorosa decisión de alquilar tres de las cinco habitaciones de su amplia residencia. Respecto a las otras dos, una de ellas la ocupaba habitualmente su sobrino, que se trasladó a esa casa a raíz del fallecimiento de su tío, Sir Alvarón, en tanto que la quinta, utilizada por Lady Sonia, era la que en vida del difunto había sido la alcoba conyugal, convertida ahora en un enorme y deprimente santuario de recuerdos a causa del lamentable aspecto que desde hacía varios días presentaban sus ennegrecidas paredes.

-Ya hemos llegado, tía Sonia. Te presento al detective Chu Lin, de Scotland Yard.

-Encantada de conocerle, Don Chu Lin. Mi sobrino Albert Higgins me ha hablado mucho sobre sus especiales dotes para resolver casos difíciles.

-El placel es mío, señola. Y discúlpenos pol venil a su casa a estas holas, pelo si no solucionamos plonto el asunto de la pintula negla, se van a quedal ustedes sin tulistas. En el camino hasta aquí hemos visto valios edificios que ya tienen un apaliencia hololosa.

-Dígamelo a mí, que acabo de perder a mis dos únicos huéspedes por culpa del maldito demonio que ha dejado las paredes de sus habitaciones más negras que el carbón. Menos mal que mi sobrino es muy valiente y él no me ha abandonado.

-Es que tiene usted un soblino selvicial y tlabajadol que me está plestando una glan ayuda. Le debelían ascendel a inspectol jefe, soble todo teniendo en cuenta el delicado estado de salud del señol Campbell.

-Le agradezco el cumplido, detective Chu Lin, pero no exagere: yo me limito a cumplir con mi deber. En cuanto a la salud de mi jefe, no acabo de entenderlo: nunca se había quejado de alergia hasta hace poco.

-A lo mejol, esa alelgia se la ploducen los investigadoles que le envía Scotland Yald. Pelo como yo no soy tonto, su jefe el señol Campbell puede decil lo que le de la leal gana. Según Confucio, el sabio no dice lo que sabe y el necio no sabe lo que dice.

Higgins tampoco era tonto y sabía que la deducción de Chu Lin era la correcta: a su jefe le desagradaban sobremanera los proverbios y los chistes del detective. Pero prefirió no echar más leña al fuego y volvió a dirigirse a su tía, que ya empezaba a ponerse nerviosa viendo el giro que podía tomar la conversación.

-Lo curioso, tía Sonia, es que esta cocina todavía no parece haber sufrido los efectos de la plaga negra.

-Eso es lo que tú te crees, Albert. Échale un vistazo al techo.

Obedientemente, Higgins dirigió la mirada hacia el techo y se sorprendió por no haber reparado antes en su grisácea tonalidad, que contrastaba con la de la pintura del resto de

la impoluta cocina. Sin embargo, el detective Chu Lin, bastante más observador, no solo se había fijado en ese detalle, sino en la tétrica sombra de un ser de apariencia humana reflejada en uno de los ventanales.

-Pues yo sí me he dado cuenta, Lady Sonia y tendlemos que investigal eso; aunque, si no le impolta, plefelilía que nos enseñala plimelo alguna de las habitaciones que ya estén completamente pintadas de neglo.

-Por supuesto, señor detective. A eso han venido ustedes, ¿no? Empezaremos por la mía, que también era la de mi difunto esposo; aunque, como podrán comprobar, excepto la de mi sobrino, todas las demás están igual de horrorosas.

-Me palece bien, señola. Pelo antes, con su pelmiso, tengo que il un momento al coche, polque olvidé cogel mi lupa, y yo sin mi lupa soy homble al agua.

-Vaya, vaya, detective. Le esperaremos aquí.

Haciendo gala de su habitual prudencia, Chu Lin había buscado una excusa para poder salir de la casa sin alarmar a Lady Sonia. Una vez fuera, calculó que las ventanas de la cocina debían corresponder a la fachada trasera del edificio, por lo que se dirigió hacia allí resueltamente. Y nada más doblar la primera esquina de la mansión, descubrió lo que con toda probabilidad tenía que ser eso que llamamos un fenómeno paranormal: una sombra de apariencia humana, negra y compacta, prácticamente pegada a uno de los ventanales, la cual, al detectar la presencia del detective, emitió un sonido parecido al de un chisporroteo eléctrico, se despegó de la cristalera, ascendió hacia el tejado a la velocidad de la luz y desapareció en una fracción de segundo.

El desconcertado detective permaneció dubitativo durante un instante sin saber qué decisión tomar. Finalmente, regresó al interior de la casa y se dirigió a la cocina, donde le aguardaba la paciente tía de Higgins.

-¿Ya ha encontrado su lupa, señor Chu Lin?

-Natulalmente, señola. Siemple gualdo una en la guantela del coche.

-Pues hagan el favor de seguirme y les acompañaré hasta mi habitación.

En contra de lo que cabía esperar, a pesar del espantoso color de las aberrantes paredes, la alcoba de Lady Sonia aún  podríamos calificarla de acogedora gracias a la excelente iluminación que proporcionaban el funcional plafón del techo y la lamparita de noche colocada encima de una consola. El único detalle fuera de lugar era la extraña calavera del cuadro colgado en la pared sobre la vertical de la almohada, y que no parecía ser el complemento adecuado para procurar un sueño reparador al ocupante de ese dormitorio.

-Muy bien, señola: ¿podlía decilme cuándo se dio cuenta de que habían lepintado esta habitación?

-Esta mañana, señor detective: tienen que haberla pintado hace unas horas. O sea, mientras yo estaba durmiendo.

-Culioso, muy culioso.

-¿Qué tiene de curioso el pintar una habitación durante la noche, jefe? Yo lo he hecho en mi casa alguna vez.

-¡No sea bulo, Higgins! ¿Cómo es posible que alguien pinte este dolmitolio de aliba a abajo mientlas su tía Sonia sigue dulmiendo a pielna suelta?

-A lo mejor fue porque no lo pintaron de arriba a abajo, sino de abajo a arriba, jefe.

-¡Higgins, tiene usted menos celeblo que un mosquito! ¡Intente lazonal como el Glan Confucio! La sabidulía consiste en sabel que se sabe lo que se sabe y sabel que no se sabe lo que no se sabe.

-Pues lo siento por Confucio, señor Chu Lin; pero lo único que yo sé es que cuando me desperté por la mañana ya estaba mi habitación pintada de negro.

-Culioso, muy culioso. Le pintan su habitación durante la noche y usted no se entera de nada...

-Más curioso sería que la hubiesen pintado durante el día, porque, según creo, todas las casas de este pueblo aparecen pintadas por la mañana.

-¿Y qué me puede contal soble ese extlaño cuadlo de la calavela?

-Lo que estaba colgado ahí era un retrato de mi difunto esposo, Sir Alvarón. Quien pintó de negro el dormitorio también debe haber cambiado el retrato por esa horrible calavera, aunque el marco parece el mismo.

-Puede que hayan pintado la calavela encima del letlato de su malido, señola. Pol cielto: ¿a que no saben en qué se palecen los cuadlos con calavela a una celelía?

-¿Qué es una celelía, jefe?

-Una celelía o candelelía es un comelcio que vende ploductos elabolados con cela, como velas y cilios.

-¡Ah, claro! ¡Una cerería, no una celelía! ¿Y en qué se puede parecer una cerería a ese cuadro, jefe?

-En que en ese cuadlo hay una cala-vela, y en las celelías segulo que hay una vela-cala.

-¡Muy bueno, jefe, muy bueno! ¡Cuenta usted unos chistes desternillantes!

-Pues a mí me parece de muy mal gusto hacer chistes a costa del retrato de tu tío Alvarón, Albert.

-Peldone, señola, pelo el chiste es soble la calavela del cuadlo, no soble el letlato de Sir Alvalón. Y ahola, si no le impolta, levisalé ese cuadlo y la pintula de las paledes.

El detective sacó su lupa plegable y durante unos minutos se dedicó a examinar detenidamente el cuadro de la calavera, haciendo luego lo mismo con cada una de las cuatro paredes. Por último, intentó obtener una muestra de pintura rascándola con sus uñas.

-Flancamente culioso: es imposible sacal una muestla de la pintula de las paledes ni de la del cuadlo. En vez de pintula palece laca china de la mejol calidad. Tendlé que plobal con una espátula.

-Me parece que mi marido guardaba una espátula en la caja de herramientas que está en el trastero. Voy a mirar y, si la encuentro, ahora mismo se la traigo, señor Chu Lin.

-Muchas glacias, Lady Sonia. Búsquela mientlas Higgins echa un vistazo a la fachada de esta casa, a vel si descuble algo que le llame la atención.

-¿Quiere que salga para afuera, jefe?

-Bueno, si lo plefiele, pluebe a salil pala adentlo.

Higgins captó esta vez el sentido irónico del comentario del detective y no le respondió. Se limitó a esbozar una estúpida sonrisa y salió al exterior de la mansión, en donde se entretuvo durante un buen rato explorando todos los rincones de la fachada principal en busca del más mínimo rastro de pintura negra. Pero al cabo de diez minutos, se cansó de sus inútiles intentos y se dispuso a volver a entrar en la casa. Y cuando estaba a punto de hacerlo, se le ocurrió levantar la vista y descubrió una espantosa masa amorfa ubicada en la parte superior de la chimenea del edificio.

Capítulo 3

Fenómenos paranormales

Tremendamente excitado, el oficial volvió a entrar en el edificio y se dirigió como una exhalación al dormitorio, en el que el detective Chu Lin estaba esperando la espátula que Lady Sonia había ido a buscar al trastero.

-¡Jefe! ¡Jefe! ¡He visto algo horroroso sobre la chimenea del tejado! ¡Yo creo que es el pintor que pinta de negro las casas!

-Clalo, clalo, Higgins... Pelo ese que usted llama pintol ¿no selía el deshollinadol de Maly Poppins?

-¡Jefe, le juro que he visto una figura negra y feísima con una brocha en la mano encima de la chimenea!

-¡No sea lidículo, Higgins! ¡Los pintoles no suelen usal las chimeneas pala salil de una vivienda!

-Para salir es posible que no, jefe. Pero puede que la estuviera usando para entrar.

-¡Ni pala entlal ni pala salil! ¡El único que utiliza una chimenea pala entlal y salil de las casas es Papá Noel, y eso solamente en Navidad! Usted y yo hemos visto lo que los expeltos denominan fenómenos palanolmales.

-¿Fenómenos para anormales, jefe?

-¡Pala bolicos como usted, Higgins! ¡Se llaman fenómenos palanolmales, no pala anolmales! Yo vi una sombla en la ventana de la cocina y dije que me había olvidado mi lupa en la guantela del coche polque quelía salil a milal sin asustal a su tía Sonia.

-¿Y qué hace ahora esa sombra en la chimenea?

-Eso lo tendlemos que aveligual subiendo al tejado. Las somblas palanolmales no necesitan colalse pol las chimeneas: suelen atlavesal las paledes.

-Pues lo siento mucho, jefe, pero yo no puedo subir al tejado porque padezco de vértigo.

-¿Usted también con excusas, señol Higgins? ¿O es que en la comisalía de Khepenna ya no queda ningún policía que esté sano?

-¡De veras, jefe! Si intento subir a ese tejado me da un mareo y me caigo casi seguro.

-¿Es usted un homble o una gallina, Higgins? ¡Caelse no tiene impoltancia! Confucio dice: "Si te caes siete veces, levántate ocho".

-Confucio será muy sabio, jefe, pero me gustaría saber cómo se las arregla para levantarse si se cae de un tejado que debe estar a siete metros del suelo.

La súbita aparición de Lady Sonia con un martillo y una espátula puso el punto final a una discusión sobre vértigo, tejados, caídas y proverbios que podría haberse prolongado hasta el infinito.

-Aquí tiene una espátula y un martillo, señor Chu Lin. Es todo lo que he podido encontrar. ¿Le servirá para obtener una muestra de pintura?

-Lo vamos a aveligual enseguida, señola.

Con la espátula en una mano, el investigador se acercó a la pared más cercana y frotó la superficie durante unos pocos segundos, mientras el muro se resistía a desprenderse de su coraza negra emitiendo un extraño sonido más parecido a un lamento humano que al desagradable chirrido de una cuchilla metálica rascando la pintura. Finalmente la laca se fragmentó, dejando sobre la pared la huella de un arañazo, y en la palma de la mano libre del investigador unos gramos de polvo negruzco que el policía se apresuró a envolver en un trozo de papel.

-¡Pelfecto! ¡Ya tengo la muestla! Ahola intentalé conseguil otla del cuadlo de la calavela.

En el cuadro colgado en la pared, la imagen de la calavera recibió sin inmutarse las primeras embestidas de la espátula diestramente manejada por Chu Lin, que resbalaba sobre una pintura casi tan dura como el acero.

-¡Incleíble! ¡No le hago ni un solo lasguño a esa puñetela calavela! ¡Voy a destlozal el cuadlo a maltillazos y que se vaya a los infielnos!

El cabreado detective cambió la espátula por el martillo y  descargó con furia salvaje un único golpe en el centro de la diabólica imagen. Pero nada más recibir el impacto, la calavera se retorció como si fuese de goma, adoptando la forma de una ectoplásmica figura fantasmal. Al instante, temblaron las paredes de la casa, se escuchó en la estancia un horrísono aullido y la figura se transformó en una terrorífica sombra que salió del cuadro a gran velocidad en dirección a la pared de enfrente, la cual atravesó como si fuese de mantequilla, dejando tras de sí una estela de pestilente humo negro.

-¡Dios mío! ¿Han visto ustedes lo mismo que yo?

-¡Claro, tía Sonia! ¡La calavera del cuadro se ha convertido en una sombra que ha salido de la habitación a través de esa pared! ¡Se parece a la que vi hace un momento en la chimenea del tejado!

-¿Hay otra sombra en el tejado? ¡Qué horror! ¡Mi casa está siendo invadida por espíritus malignos! ¡Haga algo, detective Chu Lin!

-¡Calma, señola, no se ponga nelviosa! Los fantasmas suelen dal mucho la lata, pelo la mayolía son inofensivos. Además, como dice Confucio, es más fácil deshacelse de cien fantasmas del Más Allá que de uno solo del Más Acá.

-¡Un momento! ¿Se han fijado en que la calavera ha sido sustituida por el antiguo retrato de mi difunto marido?

En efecto: al esfumarse la calavera del cuadro convertida en  una sombra, bajo la misma había vuelto a aparecer el rostro de Sir Alvarón, una artística acuarela con la que algún famoso retratista del siglo XX inmortalizó para la posteridad al esposo de Lady Sonia.

-Higgins, tenemos que legresal a la comisalía y analizal las muestlas de pintula que he lecogido. Si mis suposiciones son cieltas, al mistelioso caso de las mansiones neglas quedalá lesuelto dentlo de muy poco.

-¿Está usted seguro, jefe? ¿Ya no hace falta que me suba al tejado?

-Totalmente segulo, señol Higgins. El letlato del difunto Sil Alvalón acaba de plopolcionalme la pista definitiva y ahola está todo más clalo que el agua: necesitalemos la ayuda de un expelto en exolcismos.

-¿Acaso insinúa usted que mi difunto marido es el culpable de todo lo relacionado con la horrible pintura negra que ennegrece mi mansión?

-¡No lo insinúo, Lady Sonia! ¡Lo afilmo! ¡Lo afilmo y lo lequeteafilmo! ¡El espílitu de su difunto esposo está siendo contlolado pol algún tipo de enelgía negativa plocedente de una dimensión diabólica, y si no hacemos algo pala liblalnos de ella, tendlá esta casa pintada de neglo etelnamente!

Capítulo 4

El enigma de otra dimensión

-O sea que, según usted, en el misterio de las casas negras del pueblo de Khepenna nos enfrentamos a un fenómeno paranormal del tipo poltergueist...

-Aún falta lecibil el lesultado del análisis de la muestla de pintula que hemos enviado al labolatolio. De todas folmas, los episodios de poltelgueist implican violencia, inspectol Campbell, y en la mansión de Lady Sonia no se ha ploducido ningún acto de ese tipo, al menos hasta ahola.

-Entonces, ¿cuál es su conclusión, detective Chu Lin?

-Elemental, señol Campbell: todo el mundo sabe que Sil Alvalón ela un glan aficionado al alte pictólico. Tengo entendido que en su juventud placticó la técnica de la acualela y el calboncillo, y que incluso llegó a pintal algunos letlatos y autoletlatos, entle ellos, el suyo plopio y el de su amada esposa.

-¿Y eso explica el que después de muerto se haya convertido en un pintor de brocha gorda?

-No, inspectol: Sil Alvalón jamás se hablía dedicado a pintal paledes voluntaliamente. Algún espílitu maligno ha abielto una puelta dimensional y la está usando pala obligal a Sil Alvalón a pintal de neglo todas las habitaciones de la casa de Lady Sonia.

-Pero no creo que eso tenga nada que ver con lo que está sucediendo en otros edificios de Khepenna.

-¿Cómo que no? ¿Acaso clee que la sombla que vimos en casa de Lady Sonia solo contlola al espílitu de Sil Alvalón? En el cementelio de este pueblo tiene que habel más almas de pintoles poseídas pol esa sombla maligna plocedente de otla dimensión.

-Eso que dice el señor Chu Lin tiene cierta lógica, inspector Campbell: en las tumbas de Khepenna, según cuentan los rumores, hay varias almas en pena de algunos malos pintores. ¡Vaya, me ha salido un pareado!

-¡Higgins, haga el favor de guardarse sus ridículos ripios para mejor ocasión!

-Deje en paz a Higgins, señol Campbell. Si él dice que en Khepenna hay pintoles entelados, debelíamos hacel una visita a su cementelio. Quizás encontlemos allí las lespuestas que estamos buscando. Además, a mí me encantan los poemas de Higgins. Según Confucio, los poetas son hombles que aún conselvan sus ojos de niño.

-¡Por Dios bendito, detective Chu Lin! ¿Es que no podemos dialogar sin que usted utilice continuamente los proverbios de Confucio?

-Si lo plefiele, puedo leculil a una sabia flase de un genial esclitol alemán. ¿Le suena el nomble de Goethe?

-¡Naturalmente! ¡Yo también presumo de tener un mínimo de cultura!

-Pues Goethe decía que el homble que no escucha la voz de la poesía, es un bálbalo.

-¡Goethe era un gran poeta! ¡No compare su obra con los espantosos poemas que suele improvisar el señor Higgins!

-Según Confucio, en todo homble, glande o pequeño, hay un poeta si sabe vel más allá de sus nalices.

Cuando parecía evidente que estaba a punto de estallar una nueva guerra dialéctica entre el detective filósofo y el irascible inspector Campbell, entró en la comisaría el cartero del distrito.

-Perdón, señores. Traigo una carta urgente para el detective Chu Lin.

-*Debe sel el infolme del labolatolio. Muchas glacias, señol caltelo.*

Sin pérdida de tiempo, Chu Lin rasgó el sobre y se dispuso a leer su contenido, que, efectivamente, era el resultado del análisis de la muestra de pintura sacada de una de las paredes de la mansión de Lady Sonia.

-*Si no le impolta, inspectol Campbell, plefelilía que leyese usted este infolme en voz alta. Como aún no he aplendido a plonuncial la "ele", así nos entelalemos todos mejol de su contenido.*

-*Me parece bien, detective. Un informe técnico en nuestro idioma quizás le resulte difícil de entender a una persona de origen oriental. Yo se lo leeré con sumo gusto.*

"Habiendo sido sometida su muestra a la datación por radiocarbono, comprobamos, sin ningún género de dudas, que ese tipo de pintura tiene una antigüedad superior a los 50000 años, por lo que resulta imposible que proceda de las paredes de una vivienda que fue construida en 1885. Además, el polvo analizado no se corresponde con ninguno de los elementos químicos de nuestra tabla periódica, salvo un pequeño porcentaje de azufre radiactivo, lo cual resulta muy extraño, porque ese tipo de isótopos son altamente inestables y solo se forman cuando el azufre se expone a los rayos cósmicos. Eso significa que la muestra analizada tiene que ser de origen extraterrestre. Así que, si ustedes no tienen inconveniente, reenviaremos dicha muestra a la NASA para

que confirmen o rectifiquen el informe realizado en nuestros laboratorios."

-¡Eso es absuldo! ¡Ahola lesulta que pala lesolvel el mistelio de las casas neglas de Khepenna, en lugal de un expelto en exolcismos, vamos a necesital la ayuda de ingenielos espaciales!

-A lo mejor, la sombra que vimos en casa de mi tía Sonia no es la de ningún espíritu maligno, sino la de un alienígena.

-¡Por supuesto! ¡Y ustedes dos deben ser los primeros habitantes de este planeta que han contactado con un pintor extraterrestre! ¿A que sí, señor Higgins?

-Pues ahora que lo dice, es una sugestiva posibilidad, jefe.

 -¡La que no es nada sugestiva es la evidente realidad de que estoy hablando con un policía mentecato!

-Debelía calmalse, señol Campbell. Lecuelde que tiene una helnia de hiato y no le conviene excitalse. Está clalísimo que lo que Higgins y yo hemos visto en casa de Lady Sonia no ha sido un alien, polque los aliens no salen de los cuadlos, y la sombla salió del letlato de Sil Alvalón.

-Suponiendo que tenga usted razón y esa sombra sea la forma adoptada por una entidad diabólica que ha tomado posesión de algunas almas de pintores fallecidos, ¿qué sugiere que podemos hacer?

-Lo plimelo de todo, inspeccional el cementelio de Khepenna y vel si encontlamos alguna pista en las tumbas de esos pintoles que dice Higgins. Y después, lo más lógico selía celal a cal y canto la puelta que utiliza la entidad maligna pala entlal en nuestla dimensión.

-Esa puerta, según usted, es el retrato de Sir Alvarón.

-Es posible, polque pol ahí salió una sombla cuando golpeé la calavela con un maltillo.

-¿Y tiene usted idea de cómo se pueden cerrar las puertas dimensionales?

-Clalo que lo sé, señol Campbell: ¡esas pueltas tienen que sel destluidas, liquidadas, extinguidas, destlozadas, eliminadas y delibadas!

Nada más soltar el detective esa retahíla de redundantes adjetivos, se escuchó en la comisaría una terrorífica e infrahumana carcajada que hizo estremecerse a los tres policías, al mismo tiempo que se abrían de golpe todos los cajones de los archivadores, mientras una repentina ráfaga de viento gélido impactaba sobre los documentos, expedientes y dosieres que se guardaban en su interior, los cuales salieron disparados hacia el techo, donde permanecieron flotando en el aire durante un buen rato mientras se esparcía por la estancia un pestilente olor a azufre. Y como colofón de esta especie de aquelarre infernal, en una de las paredes empezó a perfilarse la siniestra imagen de un rostro demoníaco.

Capítulo 5

Visitando el cementerio

Con la comisaria convertida en el cuartel general de las fuerzas del mal, la situación comenzaba a adquirir tintes dramáticos. Porque la inquietante sonrisa del perverso  rostro incrustado en una pared y el caótico desorden originado en los archivos por quien, sin ningún género de dudas, debía ser un representante del ejército de las tinieblas, habrían conseguido alterar los nervios de cualquier persona por muy flemática que esta fuese. Desgraciadamente, el aplomo y el valor, valiosas y habituales características de los agentes de la Ley, hacía mucho tiempo que no formaban parte del inventario de virtudes de ninguno de nuestros tres aterrados investigadores. Y por si eso fuera poco, la alergia de Campbell a la pintura, provocada esta vez por el retrato dibujado en la pared, comenzaba a manifestarse en forma de lagrimeo, tos y continuos estornudos.

-¡Me estoy asfixiando con el tufo que despide la cara de ese maldito demonio! ¡Tenemos que hacer algo, Higgins! ¡No se quede ahí parado como un idiota!

-¡Espere, jefe: voy a sacar una foto del rostro que hay en esa pared!

-¡Lo que quiero que saque es su pistola, estúpido!

-¡A la orden, jefe!

Higgins desenfundó su arma reglamentaria al mismo tiempo que Campbell (recordamos a nuestros lectores que en esta aventura los agentes de la Ley británicos van armados) y ambos policías empezaron a disparar contra el rostro de la pared, que permanecía impertérrito sin dejar de sonreír mefistofélicamente, mientras las balas rebotaban al impactar contra la diabólica imagen.

-Pelo ¿qué hacen? ¡Van a destlozal la comisalía! ¡Las almas de fuego no silven pala nada contla los seles del Más Allá!

-¿Por qué no llamamos a un sacerdote, detective Chu Lin? Seguro que él sabrá la manera de espantar a ese siervo de Satanás.

-¡Polque cuando llegase un saceldote ya estalíamos todos mueltos, señol Higgins! ¡Hay que escapal de aquí a toda plisa!

Presas de pánico, los tres policías, con Campbell a la cabeza tosiendo sin parar, salieron de la comisaría como almas que lleva el diablo (nunca mejor dicho), y una vez en la calle comprobaron horrorizados que la fachada del edificio ya había adquirido una tonalidad más negra que el carbón.

-¡Vayamos dilectos al cementelio! ¡Lápido!

-¿Se puede saber qué se nos ha perdido en el cementerio de Khepenna?

-Sospecho que allí puede estal la puelta de entlada a nuestlo mundo, señol Campbell.

-¿En qué quedamos, detective? ¿No decía que esa puerta es el cuadro de Sir Alvarón?

-Solo dije que ela una posibilidad. Después de lo que acabamos de vel en la comisalía, me gustalía echal un vistazo a algunas tumbas del cementelio, si a usted no le impolta, inspectol.

-De acuerdo: vamos hacia allí, aunque yo no entraré con ustedes.

-¿Y pol qué no, señol Campbell? ¡Espele, no me conteste! Déjeme que lo adivine: es pol su alelgia. Segulo que también tiene alelgia a los cementelios.

-Lo que tengo es alergia al polen de las flores.

-Cléame que lo siento: había olvidado su alelgia al polen, y ya sé que en los cementelios suele habel floles. Pelo no se pleocupe: podemos entlal Higgins y yo solos. Usted espélenos afuela, si así lo plefiele.

-No es que lo prefiera: es que no me queda más remedio que esperarles aquí.

Higgins y Chu Lin, después de dejar al inspector Campbell frente a la verja de la entrada, que presentaba un fúnebre pero elegante aspecto a causa de la recién estrenada pintura negra fantasmal, se adentraron en un recinto repleto de lápidas y fosas con flores.

El cementerio de Khepenna, quizás demasiado grande para la escasa población del pueblo escocés, estaba a aquellas horas sin visitantes. Solo la pequeña capilla situada en el centro del camposanto tenía su puerta abierta, inequívoca señal de que alguien debía encontrarse en ese momento en su interior.

-Dígame, Higgins: ¿sabe usted en dónde está la sepultula de Sil Alvalón?

-Naturalmente, señor Chu Lin. ¿Cómo no voy a saberlo, si era mi tío?

-¡Ya supongo que lo sablá, homble! ¡Se lo digo pala que me lleve hasta ella!

-Nada más fácil, detective: es la que está al final de esa hilera.

Según su sobrino, el féretro de Sir Alvarón estaba enterrado en una sencilla cámara unipersonal construida con ladrillos, frente a la que se había dispuesto la habitual lápida de granito con la siguiente inscripción:

"Aquí reposan los restos
del Barón Sir Alvarón,
pintor que de sus maestros
no aprendió ni una lección.
Fue un desastre de pintor,
como al mundo testimonia
los retratos de terror
que dedicó a Lady Sonia.
Esos cuadros dan pavor
en Khepenna o en Polonia.
Si al Cielo el pintor llegó,
que Dios le tenga en su gloria."

-¿Ve, Higgins? Ahí pone clalamente que su difunto tío fue un holible pintol.

-¿Y eso qué demuestra?

-¡Demuestla mi teolía! Una fuelza maligna plocedente de otla dimensión ha poseído algunas almas de malos pintoles y les está obligando a pintal de neglo las paledes y fachadas de este pueblo.

-Pues qué quiere que le diga, jefe: a mí me gusta el retrato de mi tía Sonia. Tiene un no sé qué que qué sé yo.

-Lo que quielo que haga es buscal una pala. Tenemos que desentelal el ataúd de su tío pol si dentlo de su tumba podemos encontlal algo intelesante.

-De acuerdo, jefe. Me parece que en la capilla hay algunas herramientas que se usan para los enterramientos. Ahora mismo le traigo una pala.

Higgins se dirigió a la capilla del cementerio y al poco rato regresó con un pico y una pala.

-Aquí tiene, señor detective. El sacerdote me las ha dejado sin siquiera preguntarme para qué las quería. Solo me dijo que se las devuelva cuando termine de usarlas.

-Muy bien, señol Higgins: esas son las helamientas que necesitábamos. Ya puede comenzal a caval cuando guste.

-¿Tengo que hacerlo yo, jefe? A mí me da repelús excavar tumbas.

-¡No empiece usted también como el inspectol Campbell! ¿Es que en la comisalía de Khepenna ya no queda ningún policía nolmal?

-Bueno, jefe: lo haré yo si no queda más remedio.

Con un suspiro de resignación, Higgins empuñó la pala, la clavó en la fosa y empujó con todas sus fuerzas. Después de sacar la primera paletada, continuó cavando durante un buen rato mientras la tumba se vaciaba y el montículo de la tierra extraída se hacía cada vez mayor. Hasta que al cabo de unos minutos, la pala resonó al chocar contra algo duro que había en el fondo del agujero.

-¡Ya casi está, jefe! ¡Creo que he tropezado con el féretro!

Higgins tenía razón: había tropezado, pero no solo con el féretro, sino también con el montículo de tierra extraída, lo que le hizo bascular hacía atrás, cayendo en el interior de la fosa, donde quedó tendido cuando largo era sobre el ataúd de Sir Alvarón.

-¡Maldita sea su estampa, Higgins! ¿Cómo puede sel usted tan tolpe?

-¡Socorro! ¡Sáqueme de aquí, jefe! ¡Esto está lleno de gusanos y unas cosas muy raras!

-¡Cálmese y deje de glital! ¡Ahola mismo le saco!

Chu Lin se aproximó al borde de la tumba abierta para ayudar a salir al infeliz oficial de policía; pero lo que vio en el fondo de la fosa le puso los pelos de punta y quedó casi petrificado por el terror.

Capítulo 6

Fantasmas de ultratumba

 Alrededor del horrorizado Higgins, un enjambre de manos, surgidas del fondo de la tumba, se aferraban a su cuerpo con la evidente intención de impedir que pudiese salir de la fosa en la que había tenido la desgracia de caer.

-¡Higgins, agálese a mi mano y le sacalé de ahí!

-¡Pero jefe, es que hay muchas manos! ¿A cuál de ellas me agarro?

-¡A la única que está pol encima de su cabeza hueca!

-Sí, ya la veo, jefe, pero no puedo alcanzarla. Las manos de aquí abajo me están sujetando e impiden que me incorpore.

-Entonces no me queda más lemedio que dispalal a esas manos pala que le suelten.

-¿Es que se ha vuelto loco, jefe? ¡Estoy lleno de manos por todas partes menos por una que me une al ataúd!

-No se pleocupe, Higgins: soy un excelente tiladol.

El detective Chu Lin podía presumir perfectamente de puntería y también de insensatez. Porque aunque los primeros disparos impactaron sin problema en algunas manos, que soltaron su presa de inmediato, disparar sobre las que aún estaban sobre el pecho de Higgins habría supuesto la muerte segura del infeliz oficial de policía.

-¡No siga disparando, jefe! ¡Creo que acaba de agujerearme la pernera izquierda del uniforme! ¡Como tenga que comprarme uno nuevo, el inspector Campbell se va a enfadar!

-¡Espele un momento! ¡Tengo otla idea!

Chu Lin volvió a enfundar la pistola y luego cogió el pico que estaba en el suelo, con el que acto seguido se dedicó a golpear sin contemplaciones al resto de manos que aún permanecían sujetando el cuerpo de Higgins. Los sucesivos picotazos no parecieron ser del agrado de las siniestras extremidades, que poco a poco comenzaron a desaparecer otra vez bajo tierra hasta que el oficial de policía quedó totalmente liberado.

-¡Ahola, Higgins, ahola! ¡Agálese ahola al pico!

Aunque todavía medio aturdido por la caída, Higgins se incorporó dentro de la tumba como buenamente pudo y se sujetó al pico que le tendía el detective, el cual, con un enérgico tirón, consiguió el impulso suficiente para que su torpe ayudante fuese capaz de salir del espantoso agujero.

-¡Muchas gracias, jefe! Si no llega a ser por usted, esas manos del demonio me dejan eternamente pegado al féretro. Ya le dije que las tumbas me dan mucho repelús. Por eso perdí el equilibrio y caí dentro de la de Sir Alvarón.

-¿A quién pletende engañal, Higgins? Se cayó polque tlopezó con ese montón de alena, no pol su lepelús. De ahola en adelante plocule no sel tan tolpe. Como dice Confucio, si cometes un elol y no lo coliges, se conveltilá en un holol

-Lo tendré en cuenta, jefe. Ese Confucio del que usted ha aprendido tantas cosas debe ser un gran sabio.

-¡El más sabio de todos los sabios, señol Higgins! ¡Que no le quepa la menol duda!

-¿Y no podría preguntarle de dónde han salido todas esas manos que casi me matan?

-No, no podlía, polque Confucio está muelto, y polque no me gusta hacel pleguntas tontas. Las manos salielon del inteliol de la fosa. ¿Es que no lo ha visto? Segulamente estaban debajo del ataúd soble el que usted se cayó.

-Le aseguro que cuando enterraron a Sir Alvarón solo había dos manos en esa tumba: las de mi tío. Y si mal no recuerdo, las tenía dentro del féretro. Lo sé porque yo presencié su entierro.

-No las había entonces, pelo las hay ahola. Han llegado del Más Allá a tlavés de la misma puelta que la sombla que salió del cuadlo de Sil Alvalón y que la calavela de la paled de la comisalía.

-¿Y dónde puede estar esa condenada puerta?

-Eso es lo que estamos intentando aveligual, señol Higgins. Pol lo que se ve, palece que tampoco está en esta tumba. Las pueltas dimensionales despiden una luz fantasmal que aún no hemos encontlado. Así que vuelva a tapal la fosa y luego devuelva las helamientas que le plestalon en la capilla.

-Lo que usted ordene, jefe.

Volver a cubrir de tierra el ataúd fue una operación breve y sencilla, puesto que Higgins procuró no acercarse demasiado al borde de la fosa para echar las paletadas. Después se dirigió a la capilla y devolvió al sacerdote el pico y la pala, regresando acto seguido junto al detective Chu Lin, que le estaba esperando junto a la tumba de Sir Alvarón en actitud meditativa.

-¿Qué hacemos ahora, señor Chu Lin?

-Tenemos que convencel al señol Campbell pala que nos acompañe a casa de su tía. Cada vez estoy más segulo de que en esa casa se encuentla la puelta de entlada. Y seis ojos ven más que cuatlo, como dice Confucio. Además, puede que su jefe no quiela quedalse solo ahí afuela, ni mucho menos *leglesal a la comisalía y espelal allí mientlas nosotlos seguimos investigando.*

-¿Olvida usted que el inspector Campbell tiene alergia a la pintura? No puede acompañarnos a casa de mi tía.

-¡La pintula de la casa de Lady Sonia ya tiene que estal más seca que la momia de Tutankamón, homble! Es la pintula flesca la que causa la alelgia.

-Tiene usted razón jefe. No había caído.

-¡Y será mejor que no vuelva a caer! Ya ve lo que le ha pasado por caer cuando no debe!

Esta vez, el pésimo chiste del detective no le hizo ninguna gracia a su ayudante, que aún no había digerido del todo el mal trago que acababa de pasar por culpa de su reciente caída en el interior de la tumba de Sir Alvarón.

Los dos policías se encaminaron en silencio a la salida del camposanto, donde se suponía que les estaría esperando el inspector Campbell. Pero nada más cruzar la verja del cementerio, un escalofrío de terror les volvió a paralizar: al otro lado de la entrada, lo que les aguardaba era algo mucho más terrorífico que todo lo que hasta ese momento habían tenido que presenciar.

Capítulo 7

A las puertas del infierno

 *-¡Pol todos los diablos! ¿Qué le ha pasado a Campbell?*

-Ese no puede ser Campbell, señor Chu Lin: el inspector no es tan feo.

-¡No diga bobadas, Higgins! ¡Fíjese en su gola y en su unifolme: es Campbell! ¡Le han tlansfolmado en un zombi mientlas nos espelaba aquí!

-¿Qué es un zombi, jefe?

-Un zombi es un muelto al que lesucitan pol medios mágicos pala que se convielta en esclavo del que le ha lesucitado.

-Entonces no puede ser Campbell: el inspector estaba vivo cuando nos separamos.

-¿Y eso qué impolta? Segulamente le hablá moldido otlo zombi. Según dicen los expeltos en zombis, si nos moldiesen a nosotlos, también acabalíamos conveltidos en uno de ellos.

-Pues tendremos que hacer algo, jefe: me parece que ese zombi nos ha visto y viene hacia aquí acompañado de varios amigotes con sus dentaduras bien afiladas.

Sin esperar contestación, el oficial desenfundó su pistola y comenzó a disparar contra la horda de muertos vivientes que se les aproximaba con evidente malas intenciones.

-Está malgastando su munición, Higgins: las balas no silven contla los zombis, así que plepálese pala echal a colel. Como consigan moldelnos se acabó lo que se daba.

-¿Y hacia dónde corremos, jefe? ¿Hacia la comisaría?

-¿Pletende que salgamos de Guatemala pala metelnos en Guatepeol? ¡De la comisalía acabamos de salil pol patas! ¡Hay que volvel a casa de su tía! ¡Me palece que ya sé dónde puede estal esa maldita puelta del infielno!

Perseguidos por un numeroso ejército de siniestros zombis con Campbell a la cabeza, los dos policías se dirigieron a toda carrera hacia la mansión de Lady Sonia. Durante el corto trayecto no pudieron dejar de fijarse en que la mayoría de las fachadas de los edificios de Khepenna presentaban ya un sobrecogedor aspecto debido al tétrico color de la pintura negra procedente del Más Allá. Y cuando por fin llegaron a la casa de la tía de Higgins, encontraron a la pobre señora sentada en la mecedora del porche de la entrada.

-¡Pero tía Sonia! ¿Se puede saber qué haces aquí afuera?

-¿Dónde quieres que esté, sobrino? Alguien ha pintado todas las habitaciones de un horroroso y deprimente color negro.

-¿Y por qué no intentas olvidarte de eso y te distraes viendo algún programa en la tele?

-Porque a la televisión le pasa algo raro: solo puedo sintonizar una cadena que emite continuamente un desagradable zumbido y una extraña luminosidad.

-¿Dice usted que pol la televisión de su salón sale una extlaña luminosidad? ¡Esa, esa es la puelta que nos comunica con la dimensión diabólica!

-¿Cómo puede estar usted tan seguro, jefe? Ya se equivocó dos veces.

-¡Yo jamás me equivoco! El cuadlo de la calavela y la tumba de Sil Avalón solo elan una posibilidad. Un poltal dimensional se calacteliza pol emitil luz fantasmal como la que dice Lady Sonia que está emitiendo su apalato de televisión.

-Suponiendo que ya haya localizado el portal, ¿qué hay que hacer ahora, jefe?

-¡Ya se lo dije en la comisalía, homble! ¡Ese poltal debe sel destluido, liquidado, delibado, eliminado y destlozado!

-Oiga, señor Chu Lin: espero que no pretenda destrozar mi televisor... Si le hacen algo a ese aparato, les demandaré por daños y perjuicios.

-Usted velá qué plefiele, señola: conselval su televisol, o su vida. ¡Mile lo que se aploxima pol allí!

A lo que se refería el detective era al tropel de zombis que en ese preciso momento acababa de hacer su aparición al fondo de la calle, y que se dirigía en desordenada formación de ataque hacia la mansión de Lady Sonia.

-¡Lápido! ¡Tenemos que lefugialnos en la casa y atlancal pueltas y ventanas! ¡Ese ejélcito de mueltos vivientes viene dispuesto a melendalnos!

Esta vez no había elección: acabarían convertidos en zombis si no podían encontrar pronto un refugio. Sonia, Higgins y Chu Lin entraron apresuradamente en la casa, cerraron con llave la puerta de la entrada y buscaron clavos y tablones, con los que procedieron a asegurar todas las ventanas y la puerta trasera, bastante más endeble que la principal. Después se dirigieron al salón, en el que el televisor emitía destellos de luz intermitentes y un sordo sonido semejante a un chisporroteo. Pero al abrir la puerta y entrar en ese recinto, resonó en el ambiente una carcajada tan espantosa que hizo tambalearse las paredes del edificio.

-¿Han oído ustedes eso?

-Claro, jefe. Creo que es la misma carcajada que escuchamos en la comisaría.

-No me refelía a la calcajada, Higgins, sino a esos golpes que ploceden de las pueltas y ventanas. Los zombis están intentando entlal y no sé cuánto tiempo lesistilán sin lompelse los tablones con los que hemos lefolzado los posibles accesos a esta mansión.

Chu Lin tenía razón, porque el que las paredes trepidasen no se debía a la siniestra carcajada que acababan de oír, sino a los golpes con los que el ejército de muertos vivientes intentaba derribar las improvisadas defensas del edificio asediado.

-¡Hay que celal la puelta antes de que sea demasiado talde! ¡Confucio dice que la puelta mejol celada es aquella que no debe dejalse abielta!

-¡A la orden, jefe! ¡Yo la cerraré!

-¡La de este salón no, so bolico! ¡Tenemos que celal la puelta dimensional! ¡Vaya con Lady Sonia y tlaigan la caja de helamientas que hay en el cualto tlastelo! ¡Aplisa!

Higgins y su tía salieron apresuradamente del salón para cumplir la orden del detective, mientras Chu Lin intentaba apagar el aparato de televisión sin obtener ningún resultado, puesto que los destellos luminosos y el sonido producido por la estática de alguna interferencia continuaban después de haber desenchufado el aparato de la toma de corriente de la pared.

-¡Ela lo que yo sospechaba! ¡Este apalato sigue funcionando incluso sin estal conectado a la coliente, polque segulamente es la puelta de entlada que esos esbilos de Satanás están utilizando pala amalgalnos la vida en nuestla dimensión! ¡Como Higgins y Lady Sonia no lleguen plonto con las helamientas, aquí va a sucedel algo telible!

 El intuitivo detective había vuelto a acertar, porque en ese preciso momento, tras el protector cristal de la pantalla del televisor, empezaban a perfilarse con nitidez dos amenazadoras manos y el contorno de una sobrecogedora sombra fantasmal.

Capítulo 8

El televisor espectral

Un escalofrío de terror recorrió la espina dorsal del intrépido  detective al advertir que el fulgor intermitente de la pantalla del televisor había sido sustituido por la imagen de un espantoso ser cubierto con un hábito oscuro dotado de capucha, la cual dejaba al descubierto un semblante de rasgos difusos, sin apéndice nasal, en el que sólo se distinguían con claridad dos cuencas vacías y la abertura de una boca retorcida. Y como complemento de esa fantasmagórica sombra, el chisporroteo de la estática, característica de una deficiente sintonía, acababa de convertirse en un espeluznante sonido gutural que parecía proceder del más profundo de los abismos infernales.

Presa de pánico, Chu Lin retrocedió instintivamente un par de pasos y logró esquivar a la espeluznante aparición, que intentaba agarrarle con una de sus huesudas y descarnadas garras mientras pretendía materializarse en el salón para escapar de la prisión del aparato electrónico.

Contradiciendo su propia teoría sobre ciertos seres de ultratumba y las armas de fuego, el aterrorizado detective desenfundó su pistola y disparó contra la figura hasta vaciar el cargador, comprobando con horror que las balas eran absorbidas por la pantalla sin dejar la menor huella. Acto seguido empuñó el martillo que había utilizado para fijar los tablones en las ventanas y se dispuso a golpear a la diabólica sombra que estaba a punto de abandonar la pantalla. Pero por increíble que pueda parecer, ninguno de los dos consiguió su propósito: el martillo cayó al suelo tras salir rebotado hacia atrás sin llegar a impactar en el cristal, en tanto que la maligna imagen del Más Allá profirió un aullido infrahumano y desapareció del televisor como por arte de magia.

A pesar del primer intento fallido, Chu Lin respiró aliviado: ahora ya no cabía duda alguna de cuál era su objetivo. Sin embargo, tenía que encontrar urgentemente un método efectivo para eliminar el portal, porque el sonido de los golpes propinados por la horda de zombis contra puertas y ventanas arreciaba por momentos.

-*Aquí tiene, detective Chu Lin. Espero que encuentre algo que le sea de utilidad. Eso es todo lo que guardaba mi marido en su caja de herramientas.*

-*Muchas glacias, Lady Sonia.*

El detective Chu Lin se apresuró a abrir la caja y después de examinar su contenido durante unos segundos, movió la cabeza afirmativamente y cogió un destornillador.

-Pelfecto: esta es la helamienta que necesitaba pala lo que quielo hacel.

-¿Qué le ha pasado, jefe? Está usted muy pálido... Quizá no debió quedarse aquí tanto tiempo usted solo.

-No se pleocupe, Higgins: no me ha sucedido nada. Son esos malditos zombis de ahí afuela los que me están poniendo nelvioso golpeando las ventanas pala entlal en esta casa.

-Tiene usted razón, detective, y deberíamos hacer algo pronto: la puerta trasera está empezando a ceder.

-Lo sé, señola, lo sé: intento tlabajal con lapidez. Pelo como dice un plovelbio, "no colas cuando emplendas una cosa: la echalás a peldel si tienes demasiada plisa".

-¿Eso también es de Confucio, jefe?

-No: es de otlo glan filósofo chino llamado Lao-Tsé.

-Será de ese Lao-Tsé, jefe, pero yo solo sé que la puerta trasera debe haber cedido ya. ¿No ha oído ese tremendo estrépito?

-¡Clalo que lo he oido! ¡Todavía no estoy soldo!

-Pues me parece que esos zombis no van a tardar en localizarnos. ¿Qué hacemos, jefe?

-Solo podemos hacer una cosa: celal de una vez esa maldita puelta dimesional. Se me ha oculido una idea, pelo, además del destolnilladol, necesito que uno de ustedes me tlaiga un vaso de agua.

-¡Hombre jefe, por mucha sed que tengamos, no me parece que este sea el mejor momento para ponerse a beber!

-¡Es que no quielo el agua pala bebel, sino pala destluil el televisol!

-¡Qué manía con lo de cargarse mi televisor! ¿No podría usted cargarse otra cosa? Por ejemplo, la aspiradora, que casi ni la uso porque prefiero barrer con la escoba.

-¡Les lepito que el televisol es la puelta que comunica con el Más Allá! Antes de que leglesasen ustedes le di un maltillazo y no conseguí nada. Está clalo que con helamientas nolmales no se puede destlozal ese apalato del demonio. Pol eso quielo plobal ahola con un poco de agua.

-Entendido, jefe: intentaré llegar a la iglesia para traerle un vaso de agua bendita.

-¡No sea bulo, Higgins: la iglesia está muy lejos! Además, ¿quién le ha pedido agua bendita? Me basta con un poco de agua del glifo. Vaya pol ella al cualto de baño: esos zombis han entlado pol la palte de atlás y son muy lentos. Segulo que le soblalá tiempo pala il y volvel.

-Entonces delo por hecho, jefe: el cuarto de baño está aquí al lado. En seguida le traigo un vaso de agua.

Higgins cogió un vaso vacío del mueble-bar del salón y salió a  toda pastilla hacia el cuarto de baño con el vaso en la mano, mientras afuera se podía escuchar con claridad el inquietante rumor de la horda de zombis que acababa de invadir la mansión y ya había empezado a recorrer las habitaciones en busca de sus próximas víctimas.

Al poco rato, regresaba el diligente Higgins con el vaso lleno.

-¡Aquí tiene, jefe! ¡Agua fresquita!

-Glacias, Higgins. Pelo pala lo que pienso a hacel con ella, pol mí como si el agua está hilviendo.

Antes de aceptar el vaso de agua que le ofrecía Higgins, el detective se aproximó al televisor, le dirigió una mirada asesina, desatornilló la tapa trasera dejando sus tripas al aire, lo volvió a enchufar a la toma de corriente y lo encendió. Después cogió el vaso de agua y lo arrojó con rabia mal disimulada en el interior del aparato. Al instante se produjo una fuerte explosión causada por el líquido, que originó el lógico cortocircuito, fundiendo en pocos segundos la mayor parte de los componentes electrónicos y haciendo saltar al mismo tiempo en mil pedazos la pantalla de cristal de la diabólica puerta dimensional.

A continuación, igual que si se tratase de una reacción en cadena, se escuchó una especie de lamento infrahumano; los archivadores de la comisaría se volvieron a cerrar y el rostro satánico de la pared desapareció como por encanto; la sombra que obturaba la chimenea de la casa se transformó en una negra humareda que ascendió hacia la atmósfera a velocidad de vértigo; unas manos misteriosas cerraron la puerta del cementerio y luego se esfumaron en el aire; y, finalmente, en la mansión de Lady Sonia se hizo un silencio sepulcral.

Epílogo

En la comisaría había vuelto todo a la normalidad, inspector Campbell incluido, el cual no recordaba nada en absoluto de su breve estancia en el universo de los muertos vivientes. Sin embargo, la horrorosa pintura negra seguía impregnando la casi totalidad de los edificios, como tétrico testimonio de las horas de pesadilla que acababa de padecer el pueblo de Khepenna.

-A ver si lo he entendido bien, detective Chu Lin: con un simple vaso de agua usted ha destruido la hipotética puerta dimensional, el problema de esa horrible pintura se ha solucionado, y ya no volveremos a tener más habitaciones ni fachadas pintadas de negro. ¿Es así?

-Elemental, quelido inspectol. Aunque le suene a cuento chino, un vaso de agua ha delotado a las fuelzas del avelno.

-¿Quiere decir que mi tía Sonia podrá volver a pintar su casa con los colores que le de la gana?

-No selá necesalio que su tía se encalgue de pintal, señol Higgins, ni que los habitantes de Khepenna tengan que hacel ese tlabajo en sus viviendas. Si mi deducción es colecta, los *mismos pintoles que estaban bajo el dominio del ejélcito de las tinieblas selán los que lepinten las casas con los cololes adecuados. Lo único que los habitantes de este pueblo deben hacel es elegil el colol que más les guste, colocal suficientes botes de pintula en cada habitación o fachada, e ilse a dolmil. Los espílitus de los pintoles selán los que lepinten todo dulante la noche pala lepalal el daño causado.*

-Bueno, señor Chu Lin: si es cierto lo que usted dice, lo vamos a comprobar en seguida.

-Lo es, inspectol Campbell. Estoy completamente segulo. Y ahola, con su pelmiso, me letilalé a descansal, polque la jolnada ha sido muy dula. Como dice Confucio, no hay que lezal pala tenel una vida fácil, sino pala podel sopoltal una vida difícil.

Sin saber exactamente por qué, Campbell aguantó esta vez con estoicismo otro más de los habituales proverbios del filosófico detective.

A la mañana siguiente, tras una tranquila noche sin terror, el pueblo de Khepenna había recobrado el espléndido colorido que siempre caracterizó a una de las localidades más atractivas de Escocia. Así que, dando por concluida su misión, el investigador de origen oriental Chu Lin se despidió del oficial Higgins, del inspector Campbell y de Lady Sonia y emprendió el viaje de regreso a Londres.

FIN DE "EL MISTERIO DE
LAS CASAS NEGRAS"

Caso nº 3: el misterio de la luna verde

Como todo el mundo sabe, los únicos colores que la Luna puede ofrecer son el clásico blanco y el menos habitual rojo,

que se relaciona con el conocido fenómeno de la dispersión de la luz solar en la atmósfera terrestre. Si la Luna penetra en la sombra originada por la Tierra, la luz roja incidirá sobre nuestro satélite mientras los otros colores se dispersan, de manera similar a lo que sucede durante el amanecer y el ocaso, cuando el Sol se nos muestra con una tonalidad anaranjada.

Hacemos esta aclaración para que nadie se llame a engaño: de momento no es posible que el único satélite natural de nuestro planeta aparezca con ningún otro color, aunque el excelente y prolífico escritor de novelas de terror y ciencia ficción H. P. Lovecraft no haya tenido inconveniente en usar el verde lunar para dotar de un halo de misterio a dos de sus mejores relatos: "Nyarlathotep", escrito en 1920 y "Él", en 1925.

Sin embargo, en aras de la fantasía que preside la colección "Los misteriosos casos del inspector Chu Lin", el autor de esta novela también se ha permitido la licencia científica de relacionar el nada tranquilizador color verde de la Luna con las extrañas muertes acaecidas en el pueblo escocés de Khepenna durante el transcurso algunas noches en las que nuestro satélite se teñía de verdor anunciando un inminente asesinato. Y como sucedió en anteriores ocasiones, la policía de esa pequeña localidad recurrirá nuevamente a los servicios del astuto y filosófico investigador de Scotland Yard de origen oriental conocido como el detective Chu Lin, el cual se ha ganado una bien merecida fama por haber resuelto hasta ahora, usando métodos muy poco ortodoxos, todos los complicados casos que le han sido presentados.

Y ya sin más preámbulos, damos comienzo al terrorífico relato que hemos titulado "El misterio de la luna verde"

Capítulo 1

El regreso de Confucio

 Aquella fría mañana de invierno, en la pequeña comisaría de Khepenna reinaba lo que cualquier ciudadano de ese tranquilo pueblo escocés hubiese descrito como una inusual actividad. Los recientes y terribles acontecimientos habían terminado por sacar de quicio al irascible inspector Campbell, el cual, con las manos a la espalda, se dedicaba desde hace varios minutos a recorrer el recinto arriba y abajo, pretendiendo que ese ejercicio le sirviera para relajarse, cosa que, evidentemente, no estaba consiguiendo.

-¿Por qué no procura tranquilizarse, jefe? Si sigue así va a darle un infarto.

-¿Dice usted que me tranquilice, Higgins? ¿Cómo demonios voy a tranquilizarme? ¡Durante las últimas semanas se han producido varios asesinatos que no hemos podido resolver! Y lo peor de todo es que aún no tenemos ni la más mínima idea de quién puede ser su autor, ni los motivos que le habrán impulsado a cometer esos horrendos crímenes.

-No me lo recuerde, jefe, que se me ponen los pelos de punta: en todas las ocasiones encontramos sus cuerpos despedazados, como si esos pobres desgraciados hubiesen sido atacadas por una bestia.

-Lo curioso es que en Khepenna no tenemos animales salvajes. Y lo más extraño es que hasta ahora todas las víctimas han sido asesinadas en parecidas circunstancias. Da la impresión de que ese asesino ejecuta un siniestro ritual: los crímenes siempre se producen de noche, con un cielo despejado en el que luce una misteriosa luna llena verde.

-Exacto, jefe. Pero que yo sepa, nuestra luna siempre ha sido de color blanco. Alguien debe haberla pintado de verde últimamente.

-¡No diga estupideces, Higgins! ¡Es a usted al que deberían pintarle su cerebro de chorlito! ¿Quién demonios sería capaz de pintar la luna?

-Quizás los alienígenas, jefe.

-¡Claro, o el mago Merlín! ¡Intente ser realista, Higgins! ¡Si no detenemos pronto a ese sicópata, vamos a acabar odiando la maldita luna verde! ¡Cada vez que aparece en el cielo es para anunciar un nuevo asesinato!

-¿Qué le parece si volvemos a llamar al detective Chu Lin? Recuerde que fue el que nos resolvió rápidamente los dos últimos casos.

-¿Llamar a ese repelente filósofo chino por tercera vez? ¿Es que pretende usted acabar conmigo, Higgins?

-¡Dios me libre, jefe! Pero me parece que el único que puede solucionar este nuevo misterio es la misma persona que nos sacó las castañas del fuego las otras veces.

-¡No soporto a ese petulante detective! ¡Me pone histérico con su arrogancia, sus pésimos chistes y sus sabiondos proverbios de Confucio!

-Los proverbios no son siempre de Confucio, jefe: en su última visita nos soltó uno de un tal Goethe. Y respecto a los chistes, en casa de Lady Sonia contó uno muy gracioso sobre un retrato de mi difunto tío Sir Alvarón y las tiendas que venden velas. Si quiere, se lo cuento.

-¿Pretende contarme otro chiste de ese petulante? ¡Váyase a paseo, Higgins!

-Bueno, jefe, tampoco creo que sea para ponerse así...

-¡Me pongo como me da la real gana! ¡Cuéntele ese chiste a su tía!

-Mi tía ya lo sabe: estaba conmigo cuando Chu Lin lo contó y le aseguro que es para partirse de risa. Pero como usted no quiere oírlo, no se lo contaré.

-¡No, no quiero! ¡Y si su tía ya lo ha oído, cuénteselo a su prima!

-¿A cuál de ellas, jefe? Tengo tres.

-¡Pues cuénteselo a las tres! ¡Haga el favor de llamar a Scotland Yard de una maldita vez y que sea lo que Dios quiera!

-Como usted ordene, jefe. Ahora mismo les digo que volvemos a necesitar los servicios del detective Chu Lin.

Aunque parezca mentira, el ingenuo oficial de policía Higgins había acabado por cogerle cierto afecto al famoso investigador oriental; así que descolgó el teléfono, marcó con alegría el número de Scotland Yard, expuso el terrible caso del asesino en serie y solicitó la colaboración del prestigioso detective Chu Lin.

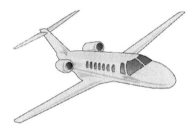

Después de hacer la llamada, Higgins exhaló un suspiro y le dirigió una muy poco oportuna sonrisa de satisfacción a su superior, que casi le fulmina con una mirada de odio profundo. Por último, los dos policías se ignoraron mutuamente durante el resto de la jornada mientras aguardaban la llegada del próximo vuelo procedente de Londres, en el que, con toda probabilidad, llegaría a Khepenna la única persona capaz de resolver el misterioso caso de la luna verde: el genial, el inefable, el magnífico y extraordinario inspector Chu Lin. Y como todo llega en esta vida, el sagaz detective, con su inseparable Confucio a cuestas, también llegó.

-*Analicemos la situación una vez más, jefe Campbell: dice usted que, desde hace unas semanas, luce en el cielo de Khepenna una luna que no es blanca, sino aceitunada, y que cuando hay luna llena, es el anuncio de un nuevo asesinato, puesto que esa misma noche, o a la mañana siguiente, hallan ustedes los despojos de un habitante de este pueblo que ha sido despedazado como si hubiese sido atacado por algún animal salvaje.*

¡Increíble! El detective británico de origen oriental acababa de soltar una larguísima parrafada que no contenía ni una sola letra "R", lo que suponía un claro y loable intento por evitar los inconvenientes de una conversación plagada de "eles", problema común para casi todos los que en el alfabeto de su lengua materna no existe la letra "R".

 -*Es exactamente como usted lo ha descrito, señor Chu Lin.*

-*Perdone, jefe, pero se olvidan ustedes de un importante detalle: el aullido. Antes y después de cada uno de los asesinatos, siempre hemos oído un estremecedor aullido.*

-*Cierto, Higgins: en esas noches en las que sale a pasear una redonda luna verde, se escucha con total claridad el prolongado aullido de un lobo.*

-Eso no tiene sentido, oficial Higgins: si en toda esta zona no existen los lobos, ¿cómo es posible que se oiga el aullido de uno?

-A lo mejor no es un lobo, sino un perro, detective Chu Lin. En Khepena hay muchos perros y de vez en cuando también aúllan.

-¿Es que no sabe diferenciar el aullido de los lobos del de los perros, oficial Higgins? Los perros intercalan aullidos breves con quejidos y ladridos, mientras que el aullido de los lobos suele ser largo y sostenido, igual que el que solemos oír cuando aparece el satélite verde.

-No le dé más vueltas, Higgins: tal como lo acaba de explical Campbell, no hay duda de que lo que oyen ustedes es un auténtico aullido de lobo, así que es de todo punto fundamental que no olvidemos ese aspecto en el caso que nos ocupa. Según veo, su jefe entiende mucho de aullidos y de cánidos. Aunque, como dice Confucio, el conocimiento sin leflexión es inútil, y la leflexión sin conocimiento es muy peliglosa.

Parecía evidente que los sabios proverbios de Confucio eran incompatibles con la buena voluntad lingüística del detective Chu Lin, el cual finalizó su disertación sobre lobos, perros y aullidos con un nuevo proverbio que contenía tres vocablos impronunciables sin la dichosa letra "L", por lo que el inspector Campbell volvió a dedicarle al detective de Scotland Yard otra de sus clásicas miradas asesinas, al mismo tiempo que el precavido Higgins se apresuraba a situar lo más lejos posible del alcance de su jefe todos los objetos que pudieran ser estampados en la cabeza del filósofo oriental.

-¿De dónde saca usted que yo soy un experto en cánidos? Lo que poseo es un excelente oído, señor Chu Lin, y en el silencio de la noche distingo perfectamente el aullido de un lobo del de un perro.

-Pero jefe, creo que, además de los perros y los lobos, hay otros animales que aúllan, como por ejemplo, las hienas y los coyotes.

-¡Por lo que se ve, también hay otros animales que rebuznan, además del asno! ¿Ignora que en nuestros bosques no hay hienas y que los coyotes solo se encuentran en América?

-Vale, jefe; pero, que yo sepa, el gato montés es un animal salvaje y peligroso, y de esos sí que hay en el bosque de Khepenna.

-¡Los gatos monteses no son cánidos, sino felinos! ¡Y los felinos maúllan, no aúllan!

-¿Y si fuese un gato montés afónico, jefe? Tengo entendido que en esos casos su maullido es entrecortado, más seco, más grave y un poco ronco.

-¡Es usted el que tendría que quedarse ronco y afónico para no decir más bobadas!

-¿Les impoltalía dejal de discutil soble maullidos? Esta noche hablá luna llena, así que es plobable que el asesino vuelva a actual.

-Si hay luna llena, actuará, detective Chu Lin: de eso que no le quepa la menor duda.

-Entonces estamos peldiendo un tiempo plecioso, polque ya falta muy poco pala que anochezca. ¿En dónde apaleció descualtizada la última víctima?

-Precisamente en el bosque de Khepenna, al lado de la cabaña del leñador.

-¡Pelo señol Campbell, si eso es cielto, el último caso está casi lesuelto! ¡El asesino fue ese leñadol! ¡Imitó el aullido de un lobo, cogió su hacha, atacó a un insensato que se atlevió a pasal pol el bosque a esas holas de la noche y le descualtizó!

--¡No diga tonterías, señor Chu Lin! ¡Ese leñador es un anciano de ochenta años que vive solo en su cabaña y que ya no tiene fuerzas ni para levantar el hacha! En cuanto a imitar el aullido de un lobo, no creo que la voz de un asmático octogenario sea capaz de semejante proeza.

-Quizás tenga usted lazón, señol Campbell, aunque algunas veces las apaliencias engañan. Como dice Confucio, a cualquiel edad se pueden hacel muchas cosas, polque la vida es muy sencilla: somos nosotlos los que la complicamos. Sea como sea, debelíamos il esta noche al bosque y espelal allí hasta que oigamos un aullido de lobo.

-Créame que lo lamento, detective, pero yo no podré acompañarles.

-¿Sigue con ploblemas de alelgia, señol Campbell? Ahola no estamos en plimavela...

-Ya lo sé, señor Chu Lin. Lo que sucede es que en el bosque de Khepenna hay muchos pinos, y el polen de los pinos está presente durante todo el año, aunque solo se encuentra en los lugares donde crece ese tipo de árboles. Y menos mal que las partículas de ese polen son muy grandes y pesadas, así que no flotan en la atmósfera y no pueden ser transportadas por el aire. De todas formas, Dios me libre de acercarme a un pino, porque empezaría a estornudar y a toser sin parar.

-Tliste y lamentable, inspectol, pelo no se pleocupe: Higgins y yo nos complementamos muy bien. Halemos gualdia esta noche en el bosque hasta que oigamos aullal a un lobo. Y después, ya velemos lo que pasa. Aunque selía conveniente que llevásemos una saltén cada uno.

-¿Para qué necesitamos llevar un par de sartenes, señor Chu Lin?

-Elemental, señol Higgins: como nos aconseja el Glan Confucio, contla lobos y bolicos, saltenazo en los hocicos.

Y a continuación de esta brillante frase, mezcla de proverbio y chascarrillo, que el filosófico detective pretendía atribuir a Confucio, Higgins y Chu Lin se despidieron del inspector Campbell, abandonaron la comisaría, subieron al coche de la policía y se dirigieron una vez más hacia el bosque de la ciénaga. Mientras tanto, en el cielo de Khepenna empezaba a asomar entre algunos bancos de nubes una inquietante y esférica luna de color verde aceituna, acompañada de un penetrante y terrorífico aullido que hizo estremecerse a los dos intrépidos investigadores.

Capítulo 2

La cabaña sin leñador

 Cuando Higgins y Chu Lin se bajaron del coche que habían aparcado a la entrada del bosque, esa era la noche ideal para que una fiera salvaje, un alienígena depredador, un asesino sicópata, o el que finalmente resultase ser el autor de esos horrendos crímenes, volviera a hacer su aparición. Sobre el cielo despejado de Khepenna lucía en su fase de plenilunio el ya famoso satélite verde, que a duras penas conseguía iluminar la turbadora soledad del bosque. Estremecedores aullidos interrumpían de vez en cuando el sobrecogedor silencio nocturno y, a espaldas de los dos policías, la cabaña del leñador, sumida en la penumbra, no parecía presagiar nada bueno.

-A pesar de la luna llena, sospecho que sus prismáticos no son el instrumento adecuado para ver lo que ocurre en el bosque a estas horas, jefe. Deberíamos haber traído un visor de infrarrojos.

-Estos plismáticos son pelfectos, Higgins. El ploblema no son los plismáticos, sino los álboles, que no me dejan vel el bosque. ¿Pol qué no los talalán todos?

-Pero jefe, si hubieran talado todos los árboles, ahora no podríamos estar aparcados en este bosque, porque ya no existiría.

-Cielto, Higgins: acabo de decil una solemne tontelía.

-No se preocupe, jefe: todos decimos tonterías algunas veces.

-Peldone, Higgins: si no le impolta, yo soy el que las digo algunas veces; según el inspectol Campbell, usted las suele decil continuamente.

-Bueno, así será si lo dice el señor Campbell. Mi jefe casi nunca se equivoca.

-Pues debelía aplendel de él y pensal las cosas antes de decil tontelías. Lecuelde este plovelbio de Confucio: el que aplende pelo no piensa, está peldido, y el que piensa pelo no aplende, está igual de peldido.

-De acuerdo, señor Chu Lin: intentaré aprender a pensar y luego pensaré en lo que he aprendido, si es que he entendido bien ese sabio consejo de Confucio.

-¡No, no ha entendido un pimiento! ¡Plimelo hay que pensal, y despuéss aplendel! ¡Nadie puede aplendel si no sabe pensal!

-Vale, jefe, ahora sí que lo he entendido: primero hay que pensar y luego aprender para poder seguir pensando.

-Déjelo, señol Higgins: selá mejol que cambiemos de tema. ¿Qué le palece si le hacemos una visita al leñadol de esa cabaña?

-¿A estas horas de la noche? Es que no se ve ninguna luz. Seguro que el viejo estará durmiendo.

-Entonces, pelfecto: así podlemos entlal pala investigal todo lo que nos de la gana.

-¿Y qué es lo que hay que buscar ahí dentro, señor detective?

-¡Pluebas, señol Higgins, pluebas! Tengo entendido que los lestos de la última víctima se encontlalon en estos palajes.

El inspector Chu Lin enfundó sus prismáticos y los dos policías se dirigieron a la cabaña del leñador, la cual, dada la ausencia de luces y de la enorme cantidad de polvo acumulado en fachada y ventanas, daba la impresión de haber sido abandonada hacía bastante tiempo. La puerta no estaba cerrada con llave, por lo que un simple empujón bastó para abrirla, mientras sus goznes oxidados emitían un lúgubre y desagradable chirrido. Y nada más entrar, la escasa claridad proporcionada por la luna verde, cuyos rayos se

filtraban a través del sucio cristal de una ventana, fue suficiente para que los dos intrusos sintiesen un escalofrío de terror al contemplar en el suelo de madera lo que sin ningún género de duda eran las huellas sanguinolentas de un cuerpo al ser arrastrado.

-¡Mire, jefe! ¡Eso es sangre fresca! ¡Alguien se nos debe haber adelantado!

-¡Clalo que se nos han adelantado! ¡El leñadol asesino hablá salido de caza esta noche, encontló una nueva víctima, le asestó un pal de hachazos y ha leglesado a la cabaña alastlándola pol los pelos!

-¡Pero jefe, las huellas de las pisadas no van en dirección al interior de la casa, sino hacia afuera! ¡Seguro que han atacado al pobre leñador mientras dormía!

-¿Quiele usted decil que el leñadol no es el asesino, sino otla víctima? ¡Eso lo complobalemos ahola mismo! ¡Vamos a legistlal la casa!

En esa humilde choza no había mucho que registrar: en el recinto de la entrada estaba la cocina, en la que se podía ver una mesa de madera, un par de banquetas y una pequeña alacena, además del clásico fogón y una chimenea con los troncos medio chamuscados. La puerta siguiente era la del dormitorio, cuyo único mobiliario consistía en un armario desvencijado y un catre vacío con la ropa revuelta de mala manera, como si su ocupante lo hubiese abandonado precipitadamente.

-¿Lo ve, jefe? ¡El leñador no está aquí! ¡Además, hay manchas de sangre por todas partes! ¡Le han asesinado y luego le habrán sacado a rastras para llevar su cuerpo hacia el bosque!

-¿Y pala qué iban a lleval el cuelpo al bosque? ¿Pala que no lo encontlemos?

-Hasta ahora no han ocultado ningún cuerpo, jefe; así que encontrar el del infeliz leñador será muy fácil, porque ni se han molestado en borrar su rastro.

-Bien: subilemos al desván, y si tampoco hay nada ahí, entonces solo podemos hacel una cosa: seguil las huellas que se intelnan en el bosque y vel a dónde nos conducen.

-Habrá que tener cuidado, no vaya a ser que nos conduzcan a las arenas movedizas del pantano.

-En ese caso, en lugal de seguil las huellas. tendlíamos que seguil este otlo consejo de Confucio: es mejol volvelse atlás que peldelse en el camino.

Proverbios filosóficos aparte, el oficial Higgins estaba en lo cierto: las recientes huellas de un cuerpo arrastrado casi con total seguridad desde la cabaña hasta la ciénaga, habían quedado perfectamente marcadas en la hierba, por lo que los dos policías no tendrían ningún problema para seguirlas. Pero de pronto, junto a esas, el detective Chu Lin descubrió otro tipo

de huellas que parecían corresponder a las de un animal de considerable tamaño, lo cual implicaba un posible peligro. Sin embargo, nuestros valientes investigadores decidieron continuar a pesar de todo y se internaron con cautela en la espesura del bosque.

-*Vaya ahora con cuidado, jefe: estamos llegando a la zona pantanosa. Recuerde lo mal que lo pasó cuando se metió en las arenas movedizas la primera vez que nos visitó.*

-*¡Todavía no lo he olvidado! ¡Fue usted el que me llevó a la ciénaga en aquella ocasión! Pol cielto: ¿se ha fijado en las huellas que estamos siguiendo? Julalía que colesponden a las galas de alguna bestia feloz.*

-*Serán de un gato montés. El inspector Campbell dice que es el único animal peligroso que queda ahora en este bosque.*

-Son demasiado glandes pala peltenecel a un gato, pol muy montés que este sea. El mayol de los gatos monteses eulopeos apenas alcanza los tles pies de longitud.

-Entonces serán las huellas de un lobo. Los aullidos que estamos oyendo esta noche son los típicos de ese animal.

-¿Cómo puede usted asegulal eso si sabe pelfectamente que no hay lobos en Khepenna? Además, los lobos no se llevan a sus víctimas: se las meliendan en el mismo lugal donde las han cazado.

-Pues en las películas, los lobos siempre aúllan así. ¡Escuche, escuche con atención, señor Chu Lin! Eso que se oye ahora, ¿es o no es el aullido de un lobo?

-¡Déjese de películas y mile lo que hay al lado de ese álbol, señol Higgins!

-¡Dios bendito, qué carnicería!

Junto al árbol que se encontraba frente a ellos, Higgins y Chu Lin contemplaron horrorizados el cuerpo destrozado del anciano leñador, que estaba prácticamente irreconocible y con sus ropas hechas jirones, como si alguien o algo hubiese desatado una furia satánica para segar la vida del infeliz. Y cuando aún no habían tenido ni tiempo para reaccionar, a los dos policías se les heló la sangre en las venas: saliendo desde detrás del grueso árbol surgió una terrorífica bestia de más de dos metros de altura, la cual les dirigió una diabólica

 mirada, alzó hacia el cielo unas musculosas garras, abrió la boca mostrando su enrojecida dentadura, rompió una vez más el silencio de la noche con un horrísono aullido y desapareció en el interior del bosque dando un salto increíble.

-*¡El buen dios Buda nos ploteja! ¿Quién puede habel cleado semejante cliatula?*

-*¿Ha visto lo mismo que yo o es que estoy soñando, jefe? ¡Ha sido ese enorme oso el animal que despedazó al pobre leñador!*

-*¡No diga buladas, Higgins! ¡Los osos no aúllan! ¡Lo que ha salido dispalado en dilección al pantano es un holipilante lobo gigantesco!*

-*Pero jefe, los lobos van a cuatro patas y ese estaba de pie, como los osos. A lo mejor pertenece a una nueva especie de oso aullador.*

-*¡A usted lo que le aúlla es su celeblo de mosquito, Higgins! ¡Ese animal tenía cabeza de lobo, galas de lobo, el cuelpo peludo como los lobos y los dientes, los ojos y las olejas tan* *glandes como el del cuento de la Capelucita Loja y el Lobo Feloz!*

-Aclárese de una vez, jefe. Hace un momento decía usted que ya no hay lobos en Khepenna.

-¡Yo digo lo que me da la gana! ¡Y ahola le digo que vayamos tlas ese animal, sea un oso, un lobo o una gallina clueca! ¡Tenemos que acabal con él pala impedil que siga matando!

-¡A la orden, jefe! Pero ese monstruo horroroso ha salido corriendo hacia la ciénaga. Es el único lugar de este bosque en el que no nos convendría meternos.

-¡Pues si no queda más lemedio, hablá que intental cazal a esa bestia en el pantano y que sea lo que Buda quiela! Como dice Confucio, si no entlas en la gualida del tigle, no podlás apodelalte de sus cacholos.

Seguido a una prudente distancia por el atemorizado oficial Higgins, implorando la protección de su dios Buda, confiando en la gran sabiduría de los proverbios de Confucio y haciendo de tripas corazón, el intrépido investigador oriental se dirigió hacia la zona de la ciénaga que tan arenosos y desagradables recuerdos le había causado durante su primera visita al pueblo de Khepenna. Y mientras se adentraban con extrema cautela en la densa bruma que ocultaba el pantano, un nuevo y espeluznante aullido resonó en el aire de la noche, haciendo estremecerse a los dos policías, los cuales, a pesar de todo, continuaron su camino rumbo a un peligroso y terrorífico destino.

Capítulo 3

Una noche en la ciénaga

 La zona pantanosa del Bosque de la Ciénaga era, como su propio nombre indica, un pantano en el que convivían las algas y los juncos, típicas plantas de una vegetación acuática, con matorrales y árboles de gran tamaño. Respecto a su fauna, solo consistía en pequeños mamíferos (sobre todo conejos) y algunas ranas e insectos; pero, afortunadamente para los dos policías, no había rastro de gatos monteses ni mucho menos de cocodrilos.

Hemos hecho esa breve descripción de la parte del bosque en el que acababan de adentrarse Higgins y Chu Lin, para recalcar que, a raíz de la detención de los monjes de la Hermandad del Santo Reuma y de la clausura de su templo de sacrificios humanos, el único peligro al que ahora podrían enfrentarse nuestros valientes investigadores en la zona de la ciénaga, sería la extraña criatura cuyas huellas intentaban seguir. Ni tan siquiera las arenas movedizas suponían un problema, puesto que su profundidad, como ya sabemos, apenas rebasaba los sesenta centímetros.

-¡Mile, Higgins! ¡Hay otla choza en este condenado bosque!

-*Esa es la cabaña del cazador, jefe. Lleva varios años viviendo en este pantano.*

Efectivamente: asentada sobre cuatro robustos pilares de madera que le servían de cimientos y construida a base de ese mismo material, la vivienda a la que solo se podía acceder a través de una rústica escala, ofrecía a los visitantes la cogedora invitación de un posible refugio ante las inclemencias del tiempo, sensación que se acentuaba a esas horas de la noche gracias a la tenue luz que se filtraba a través de sus ventanales.

-*¿Y se puede sabel qué demonios caza ese homble en esta asquelosa ciénaga? ¿Sapos? ¿Mosquitos?*

-*Caza conejos, señor Chu Lin. Hay muchos en el pantano, y ese cazador es el que abastece de conejos a la carnicería de Khepenna*

-*A lo mejol sabe imital el aullido de un lobo y se dedica a cazal víctimas inocentes. ¿O es que también es un vejestolio declépito y afónico como ela el poble leñadol?*

-*En absoluto, jefe: ese cazador es un hombre maduro, musculoso y experto en el manejo de las escopetas.*

-*Entonces vamos a inspeccional su cabaña.*

-¿Quiere que vayamos, jefe? El cazador debe estar dentro, porque se ve luz a través de los ventanales...

-A estas holas estalá en su cama dulmiendo a pielna suelta. Si entlamos con cuidado, no se entelalá. Y a plopósito de camas, señol Higgins: ¿sabe usted en qué se palecen un hipopótamo y una cama?

-No tengo ni idea, jefe.

-Pues se palecen en que el hipopótamo es un paquidelmo, y la cama es pa qui duelmas. ¡Ji, ji, ji!

-¡Muy bueno, jefe! Cuenta usted unos chistes tronchantes. Pero como se despierte el cazador nos puede freír a tiros. Dicen en el pueblo que tiene muy mal genio.

-¿Es usted un homble o una lata, Higgins?

-¿Una lata, jefe?

-¿Tampoco sabe qué es una lata?

-Eso sí que lo sé: una lata es un envase de hojalata que suele contener líquidos o alimentos en conservas. Lo que no comprendo es por qué me compara con una lata.

-¡Es que usted no entiende nada de nada! No le estoy compalando con una lata de hojalata, sino con ese peludo animal que tiene hocico, patas y cola y que cole por el suelo.

-Ahora sí que lo comprendo, jefe: me está comparando con una rata, no con una lata.

-Sí, señol: le compalo con esos pequeños loedoles que salen coliendo en cuanto plesienten un peliglo; o sea, lo mismo que usted está deseando hacel.

-Lógico, jefe. ¿O es que usted no piensa en lo que pasará si encontremos a esa horrible criatura a la que estamos buscando? Éste podría ser el último día de nuestras vidas...

-Según Confucio, si vives cada día de tu vida como si fuela el último, alguna vez aceltalás. Así que deje de pensal en la muelte y vamos a echal un vistazo a la choza de ese cazadol. Debemos descublil dónde se esconde esa fiela antes de que sea demasiado talde.

Al timorato Higgins no le quedaba más remedio que obedecer la orden de su superior. En consecuencia, acompañó al detective hasta la escalerilla de la cabaña, que el cazador debía haberse olvidado de recoger antes de acostarse, y ambos policías se dispusieron a iniciar el ascenso.

-Venga, jefe: empiece a subir, que yo le sigo.

-De eso nada, monada: las mujeles y los niños, plimelo.

-Pero jefe, eso solo se dice cuando hay que utilizar los botes salvavidas porque el barco va a hundirse, y aquí no hay barcos, ni botes, ni mujeres, ni niños...

-Pues lo que yo estoy viendo ahola es un niño tan glande como cobalde, señol Higgins. ¡Vaya usted delante y no discuta más!

La escala, hecha de cuerdas y madera, estaba simplemente colgada de uno de los travesaños del techo de la choza, por lo que empezó a balancearse peligrosamente en cuanto los dos policías comenzaron la ascensión, amenazando con desprenderse en cualquier momento.

-Disculpe, jefe: ¿no sería más prudente que subiésemos de uno en uno? Esta escalerilla parece demasiado frágil para soportar el peso de dos personas.

-El único ploblema de la escalelilla es que está usted muy goldo, señol Higgins. Le vendlía bien adelgazal un poco, como cleo que ya le aconsejé en mi plimela visita.

-He intentado seguir su consejo, pero con las comidas que me prepara mi tía Sonia es imposible adelgazar: tienen demasiada grasa, aunque están para chuparse los dedos.

De repente, en el silencio de la noche se escuchó el estampido de un disparo procedente del interior de la cabaña, seguido de un nuevo y terrorífico aullido y de un espantoso grito lastimero, lo que sobresaltó a Higgins hasta

 el punto de hacerle perder el equilibrio, soltarse de la escalera y dar con sus huesos en el suelo del pantano, arrastrando en su caída al detective oriental.

-¡Maldita sea su estampa, Higgins! ¡Con su lesbalón me ha tilado a mí también!

-Lo siento, jefe, pero el disparo me asustó. Ya le dije que ese cazador tiene muy malas pulgas.

-¡Y usted tiene muy poco celeblo! ¡El cazadol no ha dispalado contla nosotlos! ¿Es que no ha oído un aullido y un glito de telol? ¡Hay que subil inmediatamente! ¡Ahí dentlo está sucediendo algo telible!!

-Vale, jefe: procuraré no resbalar nuevamente.

-¡Espele! Si no le impolta, esta vez llé yo delante, no vaya a sel que vuelva usted a caelse encima de mí.

Los policías treparon a toda prisa por la escalerilla hasta la entrada de la cabaña, frente a la que permanecieron durante unos segundos intentando escudriñar el interior, apenas iluminado por la luz de un candil, al tiempo que aguzaban el oído para escuchar algún sonido. Pero tras el disparo, el grito y el aullido causantes de la reciente caída de Higgins, en la vivienda reinaba ahora un silencio sepulcral.

A diferencia de la del leñador, esta cabaña constaba de un solo habitáculo, en cuyo centro, y sobre una improvisada mesa de madera, había una docena de liebres y conejos despellejados, cuyas pieles colgaban de unos garfios clavados en una de las paredes. En otra de las paredes se podía ver un variado repertorio de herramientas cortantes, un par de escopetas, dos cananas con munición y un morral vacío. Y tirada en el suelo estaba otra escopeta con el cañón aún humeante, signo inequívoco de que acababa de ser utilizada.

Súbitamente, el espantoso ser al que perseguían surgió desde una esquina medio en penumbra en la que había permanecido oculto; emitió un siniestro rugido y con un salto felino se abalanzó contra los sorprendidos policías, mostrando las terroríficas fauces ensangrentadas mientras intentaba clavar sus poderosos colmillos en la garganta del detective Chu Lin, el cual eludió el primer ataque echándose a un lado a la velocidad del rayo.

-*¡Tenga mucho cuidado, señol Higgins! ¡Como esta fiela nos muelda, ya podemos considelalnos hombles mueltos!*
La advertencia del detective fue inútil: a pesar de que el torpe y obeso Higgins también consiguió apartarse, no lo hizo con la suficiente rapidez y no pudo evitar un ligero contacto con el extraño animal, que logró morderle en un hombro causándole un agudo dolor.

-*¡Dispálele, homble! ¡Hay que acabal con ese monstluo!*

Ambos policías desenfundaron sus armas al mismo tiempo y comenzaron a disparar sobre su atacante, al que la lluvia de balas no parecía afectarle demasiado. Sin embargo, tras un instante de aparente desconcierto, la diabólica criatura se  dirigió hacia los ventanales, arrancó de cuajo uno de ellos y saltó al vacío a través del agujero que tan violentamente acababa de practicar en la pared de madera. Y una vez fuera de la cabaña, la bestia aprovechó la oscuridad de la noche para internarse en la espesura del bosque, desapareciendo en un abrir y cerrar de ojos ante la atónita mirada de los investigadores, de los que se despidió con otro de sus estremecedores aullidos.

Capítulo 4

Nuevo caso de licantropía

 -*¡Vaya, jefe, creo que a base de balas no vamos a acabar con esa horrible criatura!*

-*Eso palece, señol Higgins. Además, pol culpa de su estúpida caída hemos vuelto a llegal talde. Pelo al menos ahola ya podemos eliminal otlo sospechoso de nuestla lista: ahí está lo que queda de ese poble desglaciado.*

Esta vez el detective no se equivocaba: en una esquina de la habitación, el cadáver del fornido cazador yacía al lado de su escopeta, con la ropa ensangrentada y con espeluznantes desgarrones en todo su cuerpo, como si acabara de librar una titánica batalla contra el feroz animal cuyas huellas llegaban hasta el enorme agujero abierto por el monstruo en la pared y que le había servido para facilitarle su veloz huida.

-*¡Cielo santo, Higgins! ¡Tiene usted sangle en el homblo izquieldo! ¡No me diga que se ha dejado moldel!*

-*¡Qué va, señor Chu Lin! Yo no me he dejado morder: me ha mordido a traición sin pedirme permiso.*

-¡Le adveltí que tuviese mucho cuidado! ¡Si mis sospechas son cieltas, se ha metido usted en un buen lío!

-¿En un lío o en un río, jefe?

-¡En un lío de licantlopía! ¡Usted también se conveltilá en un homble lobo, polque acaba de sel moldido pol uno de ellos!

-¡Pero jefe, si los hombres lobos no existen!

-¿Segulo? Pues explíqueme pol qué las balas no le hacen nada a esa bestia, pol qué tiene una fuelza tan descomunal, cómo es posible que dé esos enolmes saltos, y cuál es el motivo pol el que siemple apalece cuando hay luna llena.

-¿Quiere decir que esta vez nos enfrentamos a un verdadero hombre lobo?

-De momento solo nos enflentábamos a uno, pelo dentlo de poco pueden sel dos, o doscientos. Lo nolmal es que mate y se alimente con la calne de sus víctimas, que es lo que hizo con el leñadol y el cazadol. Lo telible es cuando muelde a alguien que soblevive a su ataque. ¡Eso significa que dentlo de poco usted también se conveltilá en homble lobo!

-¡No me jorobe, jefe! ¡Tiene que haber alguna forma de evitar que yo acabe convertido en un licántropo!

-Solo existe una manela de evital que esa moldedula le haga efecto: matal al homble lobo que le ha moldido.

-¿Y cómo vamos a matarle si las balas no le hacen nada?

-Eso no impolta: a un licántlopo se le puede matal sin almas de fuego; pol ejemplo, decapitándole.

-Estupendo, jefe, aunque no creo que ese bicho permita que le cortemos su cabeza así como así.

-Usted busque un pal de hachas que estén bien afiladas. Tenemos que encontlal a esa fiela antes de que amanezca, que es cuando lecupelalá su folma humana. O decapitamos a ese telible monstluo, o volvelá a conveltilse en homble lobo dentlo de tleinta días; es decil: cuando haya otla luna llena.

-Muy bien, jefe. Iré a buscarlas a la cabaña del leñador: allí había un montón de hachas.

-No hace falta que vaya a la cabaña del leñadol: coja las que están colgadas en esa paled. Segulamente las usaba el cazadol pala coltal los leños que hay en la chimenea.

-Tome, jefe estas dos parecen perfectas para descabezar hombres lobo.

-Es muy geneloso, señol Higgins, pelo no me dé a mí las dos: una es pala usted. Va a necesital un alma como esa si volvemos a tolopezalnos con ese homble lobo.

-Si hasta ahora hemos seguido sus huellas sin problemas, ¿por qué no vamos a volver a tropezarnos con él?

-*Polque las huellas desapalecen lápidamente en esta ciénaga, polque ya falta muy poco pala que amanezca y polque no tenemos ni puñetela idea de hacia dónde hablá huido.*

-*Pero jefe, si esa bestia busca otra víctima, lo probable es que haya ido hacia la cabaña del guardabosques.*

-*¿Todavía quedan más cabañas en este condenado bosque?*

-*La de los guardabosques es la última, jefe, y está a pocas yardas de aquí.*

-*Pues si sabe dónde está, no sé a qué estamos espelando. Pol cielto, señol Higgins: tiene usted un aspecto holible. Espelo que no se le ocula conveltilse en homble lobo antes de que encontlemos al que le ha moldido.*

-*Tranquilo, jefe, que no me pasa nada. Es que llevo dos días sin afeitarme.*

-*¿Y se puede sabel pol qué es usted tan gualo?*

-*No soy guarro, jefe: solo quiero comprobar cómo me sienta la barba.*

-*Le advielto que aunque le quede bien, una balba puede dal ploblemas.*

-*¿Qué clase de problemas podría darme una barba, jefe?*

-Pol ejemplo, tenel que ponel la balba a lemojo. ¿O es que no conoce ese plovelbio que dice "cuando las balbas de tu vecino veas pelal, pon las tuyas a lemojal"?

-¿Ese proverbio también es de Confucio, jefe?

-No lo sé, aunque es posible: Confucio poseía una elegante balba y la cuidaba con esmelo polque decía que la balba es el espejo del alma.

-¿Está seguro? Yo siempre he oído que lo que es el espejo del alma es la cara, y no la barba.

-¡De lo único que estoy segulo es de estal peldiendo un tiempo plecioso discutiendo soble balbas, calas y plovelbios! ¡Debelíamos il inmediatamente a la cabaña de los gualdabosques!

-¡A la orden, jefe! Haga el favor de seguirme, que llegaremos allí en un santiamén.

Más que una cabaña al estilo clásico, el habitáculo utilizado por el guardabosques era una torre de vigilancia construida en la copa de un árbol, a la que se podía acceder de dos maneras distintas: una, subiendo media docena de peldaños esculpidos en el propio tronco y que conducían a una primera plataforma situada a media altura, desde la que luego se debía alcanzar la escala que llevaba a la plataforma principal; y otra, ascendiendo directamente mediante la

maroma trenzada con nudos que colgaba de una de las ramas superiores del árbol, y que parecía imposible de utilizar sin un mínimo entrenamiento previo. Es decir: una perfecta torre de vigilancia a prueba de incursiones de animales peligrosos y dotada de prismáticos, visores de infrarrojos, catalejos y demás instrumentos ópticos destinados a escudriñar todos los rincones de ese mundo forestal.

-*¿Quiere que subamos, jefe? No creo que a estas horas haya nadie allá arriba, porque las torres de vigilancia solo se usan durante el día, salvo casos de emergencia.*

-*Eso no impolta: de todas folmas, tenemos que subil a milal pol si las moscas.*

-*Querrá usted decir por si los mosquitos, ¿no, jefe? En este bosque no hay moscas.*

-*¡No sea bolico, señol Higgins! "Pol si las moscas" solo es una manela de hablal. Y voy a il yo delante, también pol si las moscas, polque cuando se tlata de subil, es mejol no fialse de usted ni un pelo.*

A pesar de la lógica obscuridad reinante en el bosque, la proximidad del amanecer, unida a la claridad proporcionada por una luna llena aceitunada, facilitó el rápido ascenso del joven y extraordinariamente ágil detective Chu Lin, el cual alcanzó sin aparente dificultad la primera plataforma, en la que se detuvo durante unos instantes mientras aguardaba la llegada de su compañero.

-*¡Señol Higgins! ¡Estoy espelando que suba usted hasta aquí! ¿Le impoltalía decilme qué demonios le pasa?*

Un par de metros más abajo, un espeluznante aullido procedente de una garganta que hasta ese momento había sido humana, fue la respuesta que obtuvo el sorprendido investigador de origen oriental.

-*¡La madle que le palió, Higgins! ¿Cómo es posible que se haya tlansfolmado tan plonto en un licántlopo?*

Al pie del árbol, la espantosa figura de un hombre lobo, sobre cuya cabeza aún refulgía bajo la luz de una luna verde el inconfundible casco de los policías escoceses, dirigió su mirada hacia la torre de vigilancia desde la que el detective de Scotland Yard le contemplaba con estupor. Y tras unos interminables segundos, durante los que pareció estar calculando la distancia a la que se encontraba de la primera plataforma, el terrorífico ser gruñó amenazadoramente, contrajo sus poderosos músculos y se dispuso a efectuar uno de los increíbles saltos característicos de esas diabólicas criaturas infernales de la noche.

Capítulo 5

El premio de la torpeza

Si la transformación en hombre lobo le hubiese sucedido a cualquier persona normal, su salto seguramente habría resultado catastrófico para la integridad física de Chu Lin.

 Pero no olvidemos que, licántropo o no, el que saltaba era Higgins. En consecuencia, a pesar de sus nuevas habilidades, calculó mal el impulso necesario y sobrepasó la ubicación de la torre de vigilancia, yendo a caer encima de un matorral espinoso, cuyas afiladas púas se le clavaron allí donde la espalda pierde su casto nombre, lo que le hizo proferir al patético aprendiz de licántropo un lastimero aullido de dolor.

Desde su privilegiado puesto de observación, el detective oriental contempló, entre asombrado y divertido, el ridículo vuelo sin motor del recién estrenado hombre lobo, y decidió que había llegado el momento de coger el toro por los cuernos.

-¡Higgins, deje de hacel buladas y venga aquí de inmediato! ¡Aunque se haya conveltido en un licántlopo lunático, le lecueldo que yo aún sigo siendo su jefe!

Que nosotros sepamos, hasta ahora ningún hombre lobo se ha sometido a un humano ni ha sido capaz de articular palabra alguna. En esta ocasión, sin embargo, la tajante orden de Chu Lin pareció impresionar a Higgins, que interrumpió la desagradable tarea de sacarse las espinas clavadas en su trasero, gruñó un par de veces como si estuviera a punto de desobedecer a su jefe, y finalmente se dirigió a regañadientes hacia la plataforma en la que le aguardaba el detective.

-No hace falta que suba usted, Higgins: aquí aliba no hay nadie. Voy a milal dentlo de la cabaña, a vel si encuentlo algo que pueda selvilnos pala tendel una tlampa al bicho que le ha moldido, y bajo enseguida.

-¡Blub glub crapef groak!

-Mejol no me conteste, Higgins, polque no le entiendo ni un pimiento. Quédese ahí calladito hasta que yo baje.

Solo Dios sabe si Higgins comprendía o no lo que su jefe le estaba diciendo. Pero cuando al cabo de unos minutos descendió Chu Lin de la torre de vigilancia con una gran red en las manos, la versión lobuna de perro policía en la que se había convertido el disciplinado oficial de la comisaría de

Khepenna, aún permanecía dócilmente acurrucado contra el árbol.

-*He encontlado un conejo muelto y una led, que podlían selvilnos pala atlapal a ese licántlopo asesino. ¿Qué opina, señol Higgins?*

-*¡Kaplof drum groeeng!*

-*Sigo sin complendel ni una patata de lo que usted dice. ¿Selía posible que olvidase el lenguaje de los hombles lobo y volviese a hablal en clistiano? Según Confucio, no impolta que la gente no nos entienda: lo malo es cuando nosotlos no entendemos a los demás.*

Para asombro del filósofo oriental, Higgins carraspeó dos o tres veces y, tras aclararse la garganta, pronunció por fin algo inteligible con una nueva y potente voz de barítono.

-*Lo siento, jefe: creía que los hombres lobo no hablaban.*

-*¡Pues usted está haciéndolo ahola! Pol cielto, Higgins: ¡qué ojos más glandes tiene!*

-*Puede ser, jefe, porque ahora le veo mucho mejor que antes.*

-*¡También tiene unas olejas enolmes! ¡Pol eso se le ha caído el casco de policía!*

-*Las tendré grandes, pero me sirven para oírle muy bien, jefe.*

-¿Y se ha fijado en que tiene usted unos dientes holibles y de un tamaño descomunal!

-Claro, jefe. Supongo que serán así para poder morderle mejor.

-¡Déjese de estupideces, Higgins, que esto empieza a conveltilse en el cuento de Capelucita! ¡Le julo que como intente moldelme, le colto de un solo tajo su lidícula cabezota de lobo feloz!

-Vale, jefe, no se excite. Procuraré no morderle y mañana mismo iré al dentista.

-Sí, selá mejol que deje eso pala mañana, polque como vaya ahola mismo, con el aspecto de fiela colupia que tiene usted, únicamente le atendelá un dentista que se haya vuelto loco.

-¿Y qué vamos a hacer hasta que amanezca, jefe?

-Lo plimelo de todo, lecoja el hacha y su casco de policía, que se le cayelon al suelo cuando saltó; aunque con esas zalpas tan hololosas que tiene, no cleo que el hacha le silva pala nada.

-Casco y hacha, jefe. ¿Algo más?

-Suponiendo que aún no se hayan bolado, debelíamos seguil las huellas de su paliente el licántloplo, a vel a dónde nos conducen.

 Al parecer, el autor de las huellas que permanecían claramente marcadas en el piso arenoso de la ciénaga, parecía haberse dirigido directamente a la salida del bosque, en la que una nueva cabaña, ésta con un deprimente aspecto de abandono y antigua construcción, destacaba en mitad de un descampado con su triste silueta recortada contra el verdor de la reluciente luna llena.

-*¡Pelo Higgins! ¿No me dijo que la tole de vigilancia ela la última cabaña que había en el bosque?*

-*Fue la última, jefe. Lo que tenemos ahí delante es en realidad un almacén, y está en un descampado que ya no pertenece al bosque. Esa choza la habilitó la patrulla forestal para almacenar los materiales que utilizan habitualmente en caso de incendio.*

-*¡Pues espelo que lesulte sel la última de veldad! ¡Empiezo a estal hasta el golo de visital tantas cabañas!*

-*Podríamos ahorrarnos el inspeccionarla, jefe: en esa choza no vive nadie.*

-*¿Pol qué no intenta usal su celeblo, Higgins? Si las huellas van hacia la cabaña, es muy posible que se haya lefugiado ahí el licántlopo al que pelseguimos.*

177

-Eso también es verdad, jefe; pero no creo que haga falta entrar en la cabaña si lo que usted pretende es tender una trampa al hombre lobo que me ha mordido.

Aunque sea de milagro, un buen consejo puede surgir de la mente del más inepto de todos los ayudantes que hasta el momento presente habían tenido la desgracia de cruzarse en el camino de nuestro sagaz investigador. Así que, por una vez, y sin que sirva de precedente, el detective Chu Lin tomó una sabia decisión: hacerle caso a Higgins. En consecuencia,

 utilizó sus prismáticos y exploró los alrededores sin tener que acercarse al almacén, gracias a lo cual logró distinguir las dos afiladas garras del terrorífico ser que se ocultaba en las sombras tras una esquina de la cabaña.

-¡Ni se le ocula acelcalse a ese almacén, Higgins! ¡Acabo de localizal al lobo moldedol!

-Tranquilo, jefe: no me acercaré. Bastante tengo con que me haya mordido una vez; aunque puede que eso ya no vuelva a suceder, porque, según dicen, los lobos no suelen morderse entre ellos.

-Eso nunca se sabe. Todo depende del hamble que tenga ese sel diabólico.

-Hambre, lo que se dice hambre, no creo que tenga mucha después de haberse zampado al leñador y al cazador... ¿No se da cuenta de que ahora ya ni siquiera aulla?

-No se fíe de eso, Higgins. Lecuelde lo que dice Confucio: el lobo moldedol es poco aulladol.

-Me parece que no es así, jefe: el refrán que yo conozco se refiere a los perros, y dice que los perros ladradores suelen ser poco mordedores.

-¿Pletende usted sabel más de plovelbios que el mismísimo Confucio?

-Dios me libre, jefe; pero olvida usted que ese hombre lobo se ha pasado aullando y mordiendo toda la noche.

-Pues ahola está más callado que un muelto; hace un buen lato que no se escucha ninguno de sus desquiciantes aullidos. Así que podlíamos aplovachal esta tlegua pala plepalal la tampla.

-¿Qué clase de trampa, jefe? Ese bicho peludo no tiene un pelo de tonto.

-Pol muy listo que sea, cuando vuelva a tenel hamble caelá

en la tampla. Y le asegulo que esas fielas siemple suelen tenel un hamble de lobo. ¡Ji, Ji, ji! ¿Lo ha pillado, Higgins?

-Naturalmente, jefe: un hombre lobo que tiene hambre de lobo. Es usted muy chistoso.

-¿Sabe usted el chiste de la luz, Higgins?

-Creo que nunca me lo han contado, jefe.

-Pues el chiste de la luz es coliente.

-¡Ah, ya caigo: la luz es corriente!

-¡Vaya, palece que éste sí lo ha entendido! ¿De velas lo ha cogido, Higgins?

-¡Naturalmente que lo he cogido, jefe!

-¡Pues suéltelo, que la coliente da calamble! ¡Ji, ji, ji!

Mientras el simpático detective de Scotland Yard se despepitaba de risa, Higgins se rascó la cabeza meditando con estoicismo sobre otro más de los espantosos chistes de su superior. Y ya sin más pérdida de tiempo, Chu Lin comenzó a preparar la trampa en la cual, contando con un poco de ayuda de la Diosa Fortuna, debería caer antes del amanecer el asesino demoníaco que, de momento, ya había segado la vida de los dos únicos habitantes del pantano y de algunos insensatos aficionados a pasear por el bosque bajo la luz de la luna durante las últimas y verdosas noches de plenilunio.

Capítulo 6

Trampa antes del amanecer

 Tender una trampa a un hombre lobo utilizando como cebo un pobre conejo casi putrefacto y una vieja red, que seguramente ya habría tenido que soportar el peso de demasiados animales atrapados entre sus desgastadas mallas, no parecía ser la mejor idea. A pesar de todo, el detective Chu Lin buscó un árbol cuyas ramas se doblasen fácilmente, enganchó en dos de ellas los extremos de la red, flexionó ambas ramas hasta conseguir que la red quedara a ras del suelo, utilizó una piedra para que su peso mantuviese fijada la trampa, y, por último, colocó bajo la piedra el conejo despellejado, el cual, dado su tamaño, sobresalía ampliamente por ambos lados.

-¡Ya está, Higgins! Ahola solo queda ocultalnos detlás de algún álbol y espelal.

-¡Galug pocotref, jefog!

-¡No empiece de nuevo a hablal en licántlopo, Higgins!

-Disculpe, jefe: se me ha escapado. De todas formas, no acabo de entender cómo he conseguido volver a hablar.

-*Es muy fácil de entendel: ¿acaso no sigue teniendo usted la voz de Higgins?*

-*¡Yo qué sé, jefe! Me siento un poco extraño. ¿Usted cree posible que un lobo silbe?*

-*¡Natulalmente que no!*

-*Pues es mucho menos probable que un lobo hable. ¡Vaya, me ha vuelto a salir un pareado! ¡Jua, jua, jua!*

Como dice el refrán, donde las dan, las toman. Y a Higgins se le había ocurrido obsequiar al detective con un chiste parecido a los que acostumbraba a contar el investigador oriental.

-*¡Higgins, este no es el momento pala sus malditos paleados! ¡Deje de hacel chistes tontos y escóndase tlas ese álbol, a vel si ese lobo muelde el anzuelo y cae en nuestla tlampa!*

-*Pero jefe, no debería haber puesto un anzuelo: los que muerden los anzuelos son los peces, no los lobos.*

-*¡Ela una metáfola, homble! ¡El anzuelo de esa tlampa es un conejo! ¡Haga el favol de callalse de una puñetela vez!*

O funcionaba pronto ese invento, o las esperanzas de capturar al licántropo se esfumarían hasta la siguiente luna llena, puesto que las primeras luces del amanecer permitirían recobrar al lobo asesino su anterior aspecto humano. Por lo tanto, Higgins y Chu Lin aguardaron en silencio durante unos interminables minutos, ocultos detrás de uno de los escasos árboles que quedaban en ese descampado, pero el licántropo continuaba sin dar señales de vida.

-Señol Higgins: ¿le impoltalía llamal a su compañelo con uno de esos hololosos aullidos? Así a lo mejol le hacemos salil de su escondite, polque como le sigamos espelando aquí, nos van a dal las uvas.

-¿Quién nos va a dar las uvas, jefe? Todavía falta mucho para la noche de fin de año...

-¡Es otla metáfola, so bulo! ¡No haga más pleguntas tontas y empiece a aullal ahola mismo!

-De acuerdo, jefe; intentaré aullar como Dios manda.

-No cleo que Dios mande aullal, pelo aulle usted todo lo fuelte que pueda.

-¡Guau! ¡Guau!¡Guau!

-¡Le he dicho que aulle, no que ladle como los pelos!

-Usted perdone, jefe. ¡Aaaauuuuu! ¡Aaaaauuuuuu. ¿Qué tal ahora? ¿Cree que he aullado bastante fuerte?

 La respuesta a esa pregunta llegó a nuestros dos policías en forma de otro profundo, prolongado y espeluznante aullido procedente de la cabaña forestal. Y de pronto, saliendo de las sombras del almacén entre las hasta ese momento se había ocultado, una terrorífica criatura se encaminó hacia el árbol tras el que Higgins y Chu Lin imploraban a sus respectivos dioses temblando como hojas acariciadas por la brisa matinal.

-¡Mile, Higgins: ahí viene esa fiela colupia! ¡Que Buda nos ploteja! ¡Si no cae en la tlampa, caelá dilectamente soble nosotlos!

Chu Lin tenía razón: atraído por lo que se suponía debía ser la llamada de un congénere, el hombre lobo recorrió a la velocidad del rayo el escaso trecho que le separaba del escondite de los dos investigadores. Y ya estaba a punto de descubrirles cundo de repente frenó su carrera en seco.

-Calma, jefe; creo que ya ha visto el conejo en la red.

Efectivamente: ante la visión del suculento y traicionero bocado, el licántropo se acercó a la trampa, olisqueó al conejo y, tras un breve instante de duda, dio un tremendo zarpazo a la roca que le impedía alimentarse, la cual salió disparada a varios metros de distancia, al mismo tiempo

que se activaba el rudimentario mecanismo que mantenía sujeta la red. En pocos segundos, el licántropo se debatía suspendido en el aire colgado de un árbol y gruñía con desesperación mientras intentaba librarse de la malla que aprisionaba su cuerpo.

-¡Ahola, Higgins, ahola! ¡Tenemos que decapital a esa fiela antes de que consiga lompel la led!

Haciendo de tripas corazón, los dos policías se aproximaron cautelosamente a la trampa y empuñaron su hachas. La cabeza del monstruo sobresalía por un extremo de la red, lo que debía facilitar el proceso de decapitación, aunque el voluntarioso Higgins tuvo que renunciar muy pronto a ayudar a su superior, puesto que, como el propio Chu Lin había previsto, un par de manos dotadas de garras no son las más adecuadas parar manejar un hacha.

-Lo siento, jefe: con estas manos de lobo soy incapaz de hacer nada, salvo arañar.

-No impolta, señol Higgins: cleo que no necesito su ayuda pala encalgalme del licántlopo. Pelo si le apetece vengalse polque él le atacó y le moldió a usted, aploveche la ocasión y aláñele todo lo que quiela mientlas yo le decapito. Como dice el glan Confucio, un dlagón inmóvil en aguas plofundas, se convielte en plesa fácil de los canglejos.

Los proverbios de Confucio son una inagotable fuente de sabiduría; porque aunque un hombre lobo no se parezca en

nada a un dragón, el feroz licántropo estaba ahora tan inmovilizado en la red como el dragón del proverbio en el fondo del mar. En consecuencia, el inspector Chu Lin enarboló su instrumento de muerte, lo levantó todo lo que pudo y asestó un único pero certero golpe en el cuello del monstruoso animal, cuya cabeza ensangrentada rodó al instante por el suelo.

Todo lo que sucedió a continuación se puede equiparar al final de una pesadilla: el fragor de un horrísono trueno, preludio de una inminente tormenta, hizo que la luna se estremeciese en el todavía cielo estrellado del bosque de Khepenna. Pero nada más recibir el impacto del primer rayo procedente de los negros nubarrones que se iban aproximando, su siniestro color verde despareció instantáneamente, como si un pintor celestial lo hubiese sustituido por el clásico y relajante blanco que desde siempre ha caracterizado a nuestro satélite.

Por último, antes de que la llegada de las nubes ocultase la luna tras un protector manto de oscuridad, el cuerpo decapitado del licántropo se convulsionó durante unos breves segundos hasta quedar completamente inmóvil. Después, como por arte de magia, se fue transformando poco a poco en el cadáver uniformado de un guardabosques sin cabeza. Y nada más finalizar dicha transformación,

Higgins volvió a recobrar su añorada forma humana en medio de la intensa lluvia que empezaba a empapar la hierba reseca.

-¡Enholabuena, Higgins: ya no es usted un homble lobo!

-Eso parece, jefe. ¡Y mire: el licántropo al que acaba de decapitar era el guardabosques!

-¡Natulamente¡ Pol eso se lefugiaba en el almacén de la platulla folestal. ¡Ese gualdabosques fue el que cometió los lecientes asesinatos! La maldición de la luna velde le debió conveltil en licántlopo. Ahola su alma podlá pol fin descansal en paz.

-¿Y no cree que nosotros también deberíamos descansar un poco, jefe? Está amaneciendo y dentro de unas horas tendremos que presentarnos en la comisaría para informar al inspector Campbell de todo lo que hemos descubierto.

-¿Lo que hemos descubielto? ¡Qué cala más dula! ¡Quelá usted decil lo que yo he descubielto!

-¡Pero jefe, yo también le he ayudado a descubrirlo!

-¡Usted no ayuda nada de nada! ¡Solamente estolba! ¡Yo fui el que descublió el cadável del leñadol! ¡Despúes me alastló usted en su caída cuando lesbaló al subil pol la escalela de la cabaña del cazadol! ¡Luego se dejó moldel pol el licántlopo que estaba en esa cabaña! ¡Y ahola he tenido que encalgalme yo solo de decapital al homble lobo, polque usted no puede manejal un hacha! ¿A eso le llama ayudal?

-Bueno, jefe: uno hace lo que puede...

-¡Eso no basta! Como dice Confucio, hace más el que quiele que el que puede! ¿Sabe lo que podlía hacel usted en este momento?

-Supongo que ya no queda nada que pueda hacer yo.

-Pues supone usted mal, polque podlíamos il a casa de su tía Sonia pala dolmil los dos un poco antes de plesentalnos en la comisalía.

-¡Excelente idea, jefe! De paso, tranquilizaremos a lady Sonia, que debe estar preocupada por mí, puesto que esta noche aún no he aparecido por su casa.

-Su tía es una buena pelsona. ¿Por qué no le lleva algo como legalo? Selía todo un detalle pol su palte.

-Eso es imposible, jefe: a estas horas todas las tiendas están cerradas.

-No necesita complal nada en una tienda, homble: llévele la cabeza del licántlopo. Si la diseca y luego la cuelga en una paled, selía un oliginal tlofeo de caza.

-Me parece un regalo demasiado macabro, jefe.

-Haga lo que le plazca, Higgins. Pelo el espantoso letlato de su difunto tío Sil Alvalón, que su tía tiene colgado en una de las paledes de su habitación, tampoco es un adolno como pala tilal cohetes.

A Higgins no le hacía mucha gracia cargar con la cabeza cortada del licántropo, pero el detective Chu Lin tenía razón: el retrato de su tío, y que con tanto cariño conservaba su viuda, era mucho más horroroso. Así que, tras un instante de vacilación, entró en el almacén, recogió algunos trapos y un saco, limpió con los trapos la sangre que aún manaba de la cabeza cortada, y, finalmente, la introdujo en el saco con un suspiro mezcla de alivio y de resignación. Y acto seguido, los dos policías emprendieron el camino de regreso.

Capítulo 7

¿El final de la pesadilla?

-A ver si le he entendido, detective Chu Lin: ¿pretende que enviemos a Scotland Yard un informe que atribuye a un hombre lobo los recientes asesinatos acaecidos en el bosque de Khepenna?

-Yo no pletendo nada, inspectol Campbell. Ese es mi infolme final, y lo plesentalé tal cual a mis supelioles tanto si a usted le palece bien como si le palece mal.

-¡No sea ridículo, señor Chu Lin! ¡Sabe usted perfectamente que los hombres lobo no existen! ¡Solo son una leyenda!

-¿Y la luna velde que hasta anoche lucía soble Khepenna? ¿Eso también es lidículo?

-Los astrónomos todavía están investigando ese extraño fenómeno. Seguro que no tardarán mucho en encontrar una explicación científica.

-¿Sí? Pues dígales de mi palte que no pieldan su plecioso tiempo, polque ya no volvelán a vel esa maldita luna velde.

Ese mistelio está lesuleto y lequetelesuelto, lo mismo que el de los últimos clímenes. Una entidad diabólica tiñó de velde la luna y lanzó una maldición soble el poble gualdabosques de Khepenna, al que tlansfolmó en licántoplo pala que se dedicase a matal a todos los que pasalan pol el bosque dulante las noches de plenilunio. Pelo en este univelso también hay entidades benefactolas, y anoche una de ellas volvió a pintal nuestla luna con el colol blanco que siemple ha tenido, mientlas yo pelsonalmente me encalgaba de matal al gualdabosques asesino coltándole su cabeza de homble lobo. Si todavía no me clee, vaya a la mansión de Lady Sonia: allí hemos dejado la cabeza dentlo de un saco antes de venil a esta comisalía pala ledactal el infolme. ¿No es veldad, señol Higgins?

-¡Higgins, haga el favor de contestar! ¿Está de acuerdo con la versión del detective Chu Lin?

-Peldone, inspectol Campbell: me palece que su ayudante debe habel ido al selvicio, polque yo no le veo aquí.

El detective Chu Lin volvía a tener razón: Higgins había entrado en el servicio hacía unos pocos minutos. Pero cuando finalmente volvió a abrirse esa puerta, lo que apareció bajo el dintel, en lo único que se parecía al inepto oficial de policía era el casco que aún conservaba puesto.

-¡Confucio y Buda nos plotejan, señol Campbell! ¡Otlo espílitu diabólico ha debido lanzal una nueva maldición soble el desglaciado Higgins!

-¡Maldita sea su estampa, Higgins! ¿Qué broma de mal gusto es esta?

Cubierto de vendajes desde la cabeza hasta la punta de los pies, Higgins, convertido en un remedo de la momia de Tutankamón, permanecía plantado ante la puerta de los servicios sin contestar a su superior.

-¡Higgins, le ordeno que deje de hacer estupideces inmediatamente!

Ahora sí: ante la tajante orden del inspector Campbell, Higgins colocó sus brazos en posición horizontal y, al estilo de las mejores e impresionantes momias del cine de terror, comenzó a dar los clásicos y vacilantes primeros pasos en dirección a los dos atónitos inspectores de policía.

Epílogo

 Según cuentan las crónicas, durante el transcurso de una noche de luna llena, algunos habitantes de la ciudad de Kingston upon Hull (o Hull, a secas), perteneciente al condado ingles de Yorkshire, vieron a un misterioso ser de dos metros y medio de altura, mitad hombre y mitad animal. Siete testigos diferentes aseguraron haber visto en las afueras de la ciudad una bestia con grandes colmillos, alta y peluda, recorriendo la zona industrial abandonada, por lo que decidieron utilizar sus cámaras fotográficas para fotografiar a la criatura nocturna durante la siguiente luna llena.

Antes de Navidad, una mujer volvió a ver a esa criatura al lado de una acequia y presenció su transformación en hombre lobo. "Yo estaba aterrorizada: le vi de pie un momento y después se puso a cuatro patas. Al principio se limitaba a gatear, pero de repente se detuvo y se levantó sobre sus patas traseras antes de salir corriendo por un terraplén hacia el agua. Saltó sobre un muro de unos nueve metros y desapareció".

Meses después, una pareja vio como una extraño animal peludo parecido a un hombre lobo se comía a un perro pastor alemán en esa acequia. Cuando se detuvieron para presenciar la escena, la bestia saltó una cerca de más de dos metros de altura con el cuerpo del perro todavía entre sus mandíbulas. Otra pareja se encontró con la espeluznante criatura cerca de un bosque en esa misma zona comiendo algo que no pudieron identificar; explicaron a la policía que tenía los ojos y las orejas muy grandes, una nariz larga, enormes colmillos y abundante pelo cubriendo todo su cuerpo. Lo más sorprendente es que todos los testigos coinciden en describir a la criatura como muy alta y peluda, con la parte superior del cuerpo similar a un lobo, al estilo de los licántropos que protagonizaban ciertas películas de terror de Hollywood.

Una leyenda local, "the old Stinker legend", habla de una criatura, mitad hombre mitad lobo, que frecuenta la zona desde hace siglos. Los expertos aseguran que ese "hombre lobo" está relacionado con el Triángulo Wold Newton, una misteriosa zona en la que se producen muchos fenómenos sobrenaturales. Charles Christian, el autor de "The mysterious Wold Newton Triangle" ("El misterioso Triángulo de Wold Newton"), cuenta que hace mucho tiempo, una manada de lobos se dedicó a desenterrar cadáveres en los cementerios. A partir de entonces, comenzó a extenderse la idea de que eran seres sobrenaturales que habían adoptado la forma de hombres lobo, leyenda que se ha mantenido viva hasta nuestros días.

FIN DE "EL MISTERIO DE
LA LUNA VERDE"

ÍNDICE

Printed in Great Britain
by Amazon